天空の矢はどこへ？

Where is the Sky Arrow?

森 博嗣

講談社
タイガ

イラスト――引地　渉
デザイン――鈴木久美

目次

Where is the Sky Arrow?

by

MORI Hiroshi

2018

天空の矢はどこへ？

人影の絶えた街を、避雷針のセールスマンが、ほとんど空になった革袋を野球のミットのような手にぶらさげ、安堵《あんど》の表情を顔にうかべて、歩いていた。そして、ある街角を曲がると、すぐ足をとめた。

ソフト・ペーパーのような白い蛾が数匹、空家になっている店のウィンドーの上で羽ばたきながら、なかをのぞきこんでいた。

星色のガラスでつくられた大きな棺桶のようなそのウィンドーのなかに、のこひき台が二つ据えられ、さらにその上に巨人の指輪にはめこめるほどの大きさのアラスカ天然氷会社の氷柱が載っていた。

そして、その氷柱のなかに、地上最高の美女が密封されていた。

(Something Wicked This Way Comes / Ray Bradbury)

登場人物

ハギリ -- 研究者
キガタ -- 局員
タナカ -- 研究者
ウグイ -- 局員
アネバネ -- 局員
モロビシ -- 局員
シモダ -- 局長
デボラ -------------------------------- トランスファ
アミラ ------------------------------------ 人工知能
ペガサス ---------------------------------- 人工知能
オーロラ ---------------------------------- 人工知能
カンナ ------------------------------------ 人工知能
シマモト -------------------------------------- 研究者

プロローグ

エア・アフリカンの旅客機が行方不明だというニュースを、僕は研究室のモニタの中で開いたウィンドウで知った。

僕の目の動きを見張っていて、今ならこれを出しても大丈夫《だいじょうぶ》だろう、と判断して現れるニュース・ウィンドウである。同時に、これに対する僕の反応もしっかりと測られているから、どれくらい苛《いら》ついたかも、モニタは知っている。人間の周囲にあるものばかりがどんどん賢くなっているのに、人間はさほど進歩がない。毎回、だいたい同じ反応をしてしまう。

こちらの行動も観察されているから、コーヒーを飲んでリラックスしているときなどには、もっと大きなウィンドウが開き、僕が興味を示しそうな商品のキャンペーンが始まったと伝えてくる。そのキャンペーンは、もちろん対個人のものであって、キャンペーンの言葉の意味に既に即していない。ただ、この種のコマーシャルをある程度は受け止めないと、必要な情報を引き出すときのコストに響いてくる。いつの時代も、合理的で用意周到なシステムを構築して、金を集める効率を少しでも上げることに、人類の知恵は結集されているのだ。

　たしかに、コーヒーを飲んでいるときだったし、数値計算のパラメータについて、助手のマナミに微調整の指示を出したあとだったから、僕は、動物園の中の猛獣ロボット並みにはリラックスしていただろう。その記事の前半だけを読んだ。後半を読むと僅《わず》かだが課金されるのだ。

　記事は、カイロからホノルルへ向かった旅客機が、約二百人の乗客とともに行方不明になった、という第一報だった。連絡が途絶えてから既に五時間以上が経過しており、事故の可能性が高いと、航空会社とアフリカ航空局が記者会見で述べたことを伝えていた。飛行機の型式が記されていたので、その映像を見ると、普通の圏外航空機だ。僕の認識では、このタイプはジェットエンジンのほかにブースタロケットを備えていて、航路の半分以上、成層圏外を飛行する。ウグイだったら、このジャンルの話題に詳しいだろうな、と思った。しかし、もう二週間ほど彼女の顔を見ていない。顔を合わせるような機会も激減してしまった。

　散歩に出かけるときには、キガタがつき合ってくれる。最初、キガタはなかなか話しかけてこなかったのだが、今では会話はむしろ多い。ウグイとの会話に比べれば、という意味だ。

まず僕自身が、さほどおしゃべりではない。ウグイも無口な方だろう。だから、会話が弾むはずがないのだ。たまたま、コミュニケーションを取らないと役目が果たせない場面になったときにかぎり、しかたなく会話が生じていたともいえる。

それに比べると、あくまでも僕の想像だが、キガタは積極的に僕に話しかけようとしているみたいである。なにかそういった方針があるようにも観察される。そんなふうに考えてしまうことが、僕の勘違いなのかもしれないし、あるいは年寄りの勘繰《かんぐ》りというやつか、とも考えた。キガタの役目は、僕の護衛である。護衛する対象とは、コミュニケーションを取るべきだ、という素直な考えなのかもしれない。その意義については、僕はわからない。

旅客機が行方不明だというニュースのあと、ちょうど散歩をする予定になっていて、キガタが僕の部屋に現れた。

「旅客機が行方不明になったニュース、見た?」屋外に出て、歩き始めたところで、僕は彼女に尋《たず》ねた。

「いいえ、知りません」キガタは慌てて耳に片手を持っていく。情報を得るときの仕草《しぐさ》だ。彼女は数秒後に頷《うなず》いた。「はい、把握《はあく》しました」

「いや、別段、なんだというわけではないけれどね、どこへいったんだろうなって思っただけで……」

「先生は、どこへ行ったと思われますか？」

「宇宙を彷徨《さまよ》ったままなのか、それとも、どこかの海に落ちたのか」僕は答えた。

「宇宙を彷徨うというのは、地球の周回軌道に乗っているということですか？　それに必要な速度に達していたとは思えませんが」

「ああ、そうだね。君はそういった素養があるんだ」僕は足を止めて振り返った。

「学校の物理の授業で習いました」キガタは無表情のままである。少しだけ、大きく目を開いている感じではある。驚いた表情に近い。きっと、その程度のことを工学博士ともあろう者が知らないのか、という驚きだろう。

「じゃあ、軌道エレベータとかも習った？」

「いいえ、それは知りません」

「あそう……、ちょっと時代が違うのかな」僕は言葉を濁《にご》した。

「何ですか？　軌道エレベータって」キガタが食いついてきた。

「静止衛星からケーブルを垂らして、地上と結んで、そのケーブルを頼りにして、物資を宇宙ステーションまで送るような、そんな構想がね、かつてはあったんだ」

「どうして、今はなくなったのでしょうか？」

「さあね……」僕は首をふった。「かつては、ロケットで地上から打ち上げていたから、エネルギィの無駄だって批判された。それで、そういったアイデアが出てきたんじゃないかな。今は、飛行機から発射するようになったから、幾分、安くなったはずだ。軌道エレベータを作る費用よりは経済的だって……、まあ、それで話が消えていったという感じかな」

「知りませんでした」キガタが言った。

「昔はね、けっこう宇宙へ出ていこうという気運があったんだよね。人間もどんどん増えていたし、地球の資源は限られている。いつかは火星に移住だとか。そういう夢を見たわけだね。宇宙がフロンティアだったってこと」

「たしか、月に人類が行ったのは二十世紀中頃だったと思います。もう、三百年近くまえのことです。行ってみて、特にメリットがなかった、ということだったのでしょうか？」

「いや、それも、どうなのかな。私は専門外だ。ただ、今の人たちは、どうしてわざわざ人間が行かなきゃならないのかって思うだろうね」

「はい、ロボットに行かせれば良かったのではないでしょうか？」

「ロボットがまだなかった時代なんだよ」

「コンピュータもなかったのですか？」

「原始的で簡単なものはあったかもしれないけれど、単なる計算機だった。まあ、ないに等しいね。もちろん、人工知能なんか存在しない時代だ」

「そういう時代に、宇宙へ飛び出したという勇気が、凄《すご》いと思います」

「そうそう……。命懸《いのちが》けだった」僕は言った。自分が使った言葉が、妙に時代錯誤に思われた。「命を懸けるという言葉がさ、今とは、全然違う印象だったんだ」

「昔の方が意味が重かったのですね？」

「いや、そうじゃない。もっとね、うーん、普通にその言葉を使っていたらしい。ちょっと頑張りますという意味で、命懸けとか、一所懸命とか、言ったんだね」

「今でも、聞きます。古い言い回しだなとは思いますけれど」そこで、キガタは急に黙った。片手を耳に当てている。なにか連絡があったようだ。おそらく、急用だろう。彼女の表情でそれがわかった。

一度無言で頷いたあと、キガタは僕へ視線を戻した。

「先生、申し訳ありません。散歩を中断して、戻っていただけますか？」

「出動命令かな？」

「はい」

「私は関係ないよね？」

「はい、そうだと思います」

散歩は、二十パーセントくらいの達成度だった。起点となるニュークリアの正面玄関から最も遠ざかる地点のちょうど真ん中くらいだっただろうか。少し早く歩いて、これを戻ることになった。

途中、デボラがキガタの出張についてこっそり教えてくれた。国内のウォーカロン・メーカでトラブルがあったらしい。複数人によって工場と研究所が占拠され、通報を受けた警察がそこを包囲している状態だそうだ。情報局員が数名そちらへ派遣されることになった。キガタがそのうちの一人らしい。

「ウグイさんにも指令が出ました」デボラが最後に言った。

どうして、そんな報告をわざわざ僕にするのか、ときき返したかったが、もちろん黙っていた。僕がデボラに話しかける場合には、声を出さないといけない。それでは近くにいるキガタに聞かれてしまう。ウグイは、現在はキガタの上司である。

わからないでもない。僕がウグイのことを気にしているのを、デボラは知っているのだ。しかし、それほど気にしているつもりはない。過大に心配されるのは、やや心外である。キガタのまえの護衛担当がウグイだった、というだけだ。デボラがやってくる以前からウグイだった。その経緯をデボラはもちろん知っているだろう。しかし、ウグイと僕の間でどんなやり取りがあったのか、といったディテールは記録に残っていないのだから、デボラも調べようがないはずである。デボラが、なにか勘違いをしているのかもしれない。人工知能だって、勘違いくらいするだろう。

通路でキガタと別れ、僕は研究室に戻った。部屋に入ってデスクの椅子《いす》に座ったら、ドアがノックされた。返事をすると、ドアを開けてタナカが顔を覗《のぞ》かせる。

「ハギリ先生、ちょっとよろしいですか?」

「ええ、何でしょうか?」

タナカは、部屋に入り、ドアを閉める。

「イシカワで、テロがあったみたいです」タナカは近くへ来て言った。「聞かれました?」

「ええ……、でも、詳しいことはなにも聞いていません」

「内部の研究員から、直接メッセージがありました。それで、こちらから連絡をしても、通じないのです」タナカは顔をしかめる。「武器を持った集団に占拠されているようです。工場と研究所で、大勢が人質になっている。ニュースでライブをやっていますよ」

僕はモニタを見た。僕がいなかったのでスリープしていたのだ。そちらへ視線を向けたことで画像が現れた。

小さなウィンドウだったが、それを大きくした。幾つかチャンネルを変えてみたが、どれもほとんど同じで、カメラは限られているようだった。

「情報局員も出動するみたいでしたよ」僕はタナカに言った。

「そうですか。大事にならなければ良いのですが」タナカは、デスクの近くまで来て、僕のモニタが見える角度に立った。「なんだか、ナクチュであった、あれに似ていますね。嫌な予感がします」

チベットのクーデターのことを言っているようだ。シンポジウムの会場を武力集団が占拠した事件である。兵士型のメカニカル・ウォーカロンたちは、その後ナクチュへ攻め込んだ。

モニタに表示されたのは、現場からかなり離れた場所から撮影された映像と、地図だけだった。レポータが現状を報告しているのだが、動きはまったくない。煙も上がっていない。武力的な衝突があったようには見えない。高原のような広い場所で、既に黄色くなった草原の長閑《のどか》な風景だった。ナクチュと似ているというタナカの発言からは、ウォーカロン・メーカという共通タームの存在しか、僕は連想できなかった。

そのほかに状況を伝える記事がないかと探したが、ただ警察が包囲をしている、という現状だけで、内部の様子はまったくわからない。なんらかの交渉をしているのだろうか。

「何をしているんです、これは?」僕は尋ねた。「人質がいるから、突入できないのかな。それとも、なにか要求があった、ということでしょうか? そもそも、テロリストは誰なのかな。何人くらいなのかな」

「まあ、少なくはないでしょう。そこの工場のことは、よく知っていますが、かなり広いんです。ちゃんとした警備隊もいます、自前のガードが」

「ああ、そうか、自社製の?」

「ええ、そうです。日本ではあまり馴染《なじ》みがないような、大型のものを作っているんです。今でも、需要が少なからずある。もちろん、テロに対しても万全の警備をしていたはずです。不思議なのは、この穏やかさです。戦闘があったら、もっと派手な映像が撮れているはずですからね。爆音くらいあったでしょう。どうして、衝突がなかったのか……」

「そうですね」僕は唸《うな》った。モニタの記事を流し読みした。「マスコミは、ほとんど情報を得ていない感じです」

「デボラが、なにか情報を伝えてきませんか？　あるいは、演算しているのでは？」タナカが言った。

「ああ、そういえば……」僕は、思わずタナカの顔を見た。「デボラ？」

「はい」デボラが返事をする。「情報収集に努めていますが、どこかでシールドされているようです。内部からの連絡はありません。状況はまったく不明です」

僕は、デボラが言ったとおりのことを、タナカに伝えた。

「なるほど」タナカは眉《まゆ》を寄せて頷いた。「情報戦なんですね」

「そう観察されます」デボラが言った。「工場外部の周辺データからは、大規模な武力集団が入っていった痕跡《こんせき》は見つかりません。したがって、内部の犯行である可能性が高いと思われます」

「ああ、むしろ、警備隊が反乱を起こしたということかな」僕は呟《つぶや》いた。

「反乱？」タナカが目を見開いた。「では、トランスファですか？」

ウォーカロンの警備隊がトランスファによってコントロールされている、という可能性である。しかし、それくらいのことは充分に防備されていたはずだ。ウォーカロン・メーカであれば、その辺りに手抜かりがあったとは考えられない。

「アミラから連絡がありました」デボラが告げる。「エア・アフリカンの行方不明のチャータ便に、イシカワ・セーイチ氏が搭乗していたようです」

「イシカワ・セーイチって、誰?」僕はデボラにきいた。

日本のウォーカロン・メーカは、今やイシカワの一社だけであり、その社長がイシカワ・セーイチであることを、僕はこのとき初めて知ったのである。

第1章　歩き回る　Getting around

彼の目は夜明け前の空のように暗く、三つのときに死にかけたとき以来、ずっと目の下にくまができていた。彼は、そのときのことを、いまでもよく憶えていた。髪の毛は暗いクルミの実のような色で、こめかみや、眉のあいだや、首すじや、手首や、ほっそりした手の甲などにあらわれている血管も、みな暗い青だった。ジム・ナイトシェイドという名のとおり、彼はまったく暗さに縁の深い少年で、年をますごとに口かずがすくなくなり、笑顔《えがお》をみせることもまれになった。

1

イシカワのその施設は、九州である。大きな火山に近いエリアに、工場と研究所は三十五年まえに造られた。大部分が地下構造物で、敷地は柵《さく》で囲われているものの、ゲート付近にある地下トンネルの入口しか目立った構造物はない。土地の八割が国立公園内となり、地表の環境を保持したまま地下工事を行うスクエア・シールド工法によって建設された。火山灰質の脆弱《ぜいじゃく》な地盤であるため、世界でも初となる技術が駆使された工事だったそうだ。僕は、一分間ほどのデボラの解説でそれを知った。

タナカと一緒だったが、途中で、僕の研究室から彼の研究室へ移った。というのは、彼のところへは、一般公開されていない最新の情報が入ってくるからだ。それは、タナカの友人、あるいはかつての同僚らしい。施設内部は通信が途絶えているが、その職場の者で、たまたま外に出かけていた数名が、タナカに相談する形で、事情を知らせてきたのだ。タナカが、今では情報局に在籍していることが、仲間内では知られている。

このほか、アミラやデボラが、数々の断片的な情報を伝えてくれた。事件が発覚して、既に二時間ほど経過している。

警察が発表したところでは、武器を持った複数の者たちが、イシカワの工場と研究所を占拠しているらしいこと、施設を出入りする者は現在はいないこと、外部に危険が広がるような事態にならないよう、多数の機動部隊を周囲に配置して警戒に当たっていることなどが、現在の状況のようだ。マスコミは同じことを繰《く》り返《かえ》し伝えている。一部には、警察が施設内部とやり取りをしているようだ、との報道もあった。

ネットワークは完全に遮断《しゃだん》されている。デボラの観測では、これはむしろ普通のことで、ウォーカロン・メーカであれば、どこでも基本的にこうなっているらしい。内外の通信は制限され、必要であれば即座にシャットアウトされる。

また、デボラが僕に説明したストーリィは、なんらかの方法で外部のトランスファが内部に持ち込まれ、そこからウィルスあるいは別のトランスファが成長し、警備隊を支配するまでになった、というものだった。これには十二時間ほどかかる、とデボラは試算した。したがって、昨日のうちに、そういった違法行為が実行されただろう、という推論である。

しかし、タナカはそれを否定した。イシカワの研究所であれば、トランスファに対するセキュリティは備えているはずだ、というのが彼の意見だった。

「まあ、とにかく、情報が少ない。内部で何があったのか、もう少しデータがないと、推定も想像も、大して意味がありませんね」タナカは言った。

「何故、警察は突入しないのでしょうか」僕には、その点が最も疑問に感じるところだった。「人質を取っているとはいえ、最近の警察は、その程度なら躊躇《ちゅうちょ》なく突入するのではないか、と思います。今や、人質は効果がないように言われていますよね」

デボラも同意見だった。かつては、人質が有効だったのだ。人命が尊重されていたからである。しかし、前世紀頃から少しずつ考え方が変わってきたという。この種の卑劣な犯罪を抑制するためには、武力による制圧を即断する方が良い。そういった断固たる姿勢を堅持した方が、結局は犯罪の抑制になる、という考え方である。事実、警察や国家がこういった姿勢に転じた時点から、人質を盾にするような戦法は減少し、犯罪率も低下しているとの統計があり、方針が正しかったことが証明されている。

もっとも、これには別の要因が絡《から》んでいる。つまり、人命自体をかつてほど重く取り扱わなくなった、社会の変化である。再生治療技術が画期的に進歩した結果、人間は死亡しにくくなった。一般人が手にするような簡易な武器では、瞬時に人を殺すことがほとんど不可能になったといっても良いだろう。

人質だけの話ではない。テロリストにとっても、困った問題が生じた。それは、犯行のあと自殺することが難しくなったからだ。最後は自分の命を消して、神の下に行こうという計画は、かつてよりも困難になった。ほぼ再生されて、裁判にかけられ、非常に長い収監生活が待っているのだ。

こうしてみると、人命というものが人工的な存在になったことで、古来行われてきた戦争や犯罪が大きく様変わりしているのがわかる。僕はあまり知らないのだが、おそらく、宗教にも多大な影響を与えていることだろう。死ななくなった人間はもはや、神に縋《すが》り、導きを求める存在ではなくなったのかもしれない。

一時間ほどタナカの研究室にいたのだが、事件はまったく膠着《こうちゃく》状態のままで、進展がない。報道を見続けるのも億劫《おっくう》になってきた。退屈だといえば不謹慎になるだろうけれど、自分たちにできることはない。

自分の部屋でコーヒーを淹《い》れ、日常に戻ることにした。なにか変化があったら、デボラが知らせてくれるだろう。

現在の僕の研究は、一割くらいが、ウォーカロン測定器のバージョンアップのためにデータの整理を進めること、あとの九割が、オーロラと共著で書いた論文をさらに発展させたもので、主に三つのテーマに分かれている。これらは、まだいずれも数値計算の段階で、実現象を扱うような実験段階には至っていない。もしそうなったら、医療関係の研究者の協力が不可欠となるだろう、と想像していた。その意味では、ナクチュのツェリン博士を失ったことは、僕にとって大きな打撃だったといえる。今は、タナカと組むか、あるいは友人のシマモトを抱き込むか、という想像をしているのだが、当分さきの話になるだろう。

そろそろ夕食を食べに食堂へ行こうか、と時計を見た。五時を回っていた。午後は、研究に没頭してしまい、午前中の騒動はすっかり忘れていた。そういえば、あの事件はどうなったのだろう。誰もなにも知らせてこないのだから、大きな動きはないことは予想できる。しかし、半日経過したのだから、なにか新たな進展なり情報なりがあるのではないか。

局長のシモダからメッセージが届き、至急こちらへ、という呼び出しだった。おそらく、事件に関することだろう、と思い、研究室を出た。

通路の途中で、タナカに会った。タナカもシモダに呼び出されたらしい。

「何でしょうね。なにかの相談でしょうか」タナカが言った。

「あるいは、現地へ行けという指示かもしれませんよ」僕は言った。そう考えていたわけではなく、半分は冗談のつもりだった。

「それはないでしょう」真面目《まじめ》なタナカは苦笑する。「私たちが行ったところで、できることなんてありませんから」

そのとおりである。けれども、それに近い状況であっても、僕は現地へ行ったことが何度かあるように認識しているのだ。実際には、もちろん、そうでなかったかもしれない。なにか別のちょっとした用事、あるいは関心事が付随していた、という場合がほとんどだ。だが、結果を客観的に見れば、餌《えさ》に釣られて出ていき、笑えないほど危険な事態に遭《そう》遇《ぐう》した、といえる事例はたしかにある。この認識は、僕の偏見だろうか。

シモダは、いつもデスクの椅子に座っているのだが、今日は来客用のスペースに置かれたソファに座って待っていた。僕とタナカは、対面するソファに並んで腰を下ろした。

「食事はされましたか？」シモダはきいた。

僕は首をふる。タナカも同じだった。シモダは、なにかここへ運ばせましょうか、と提案したのだが、二人ともそれを断った。食事をするほど長い話になるのだろうか、と少し心配になった。

「イシカワの事件ですが、中の様子がまったくわからない。連絡もつかず、また、実行グループからはなんの要求もない。うちの者が、多方面で調べています。地上の建物だったら、こっそり接近して中の様子が探れるのですが、地下なので、そうもいきません。経路も限られます。現状、小型のロボットを送り込むか、あるいは数々の通信経路からの侵入を試みているようです。しかし、今のところは、まったく動きがありませんね」シモダは話しながら、両手を組み合わせ、それを顎《あご》に近づける。どっしりと重い視線を僕たちの方へ向けている。「そもそも、最初から、その武力集団からの連絡は一切ありません。内部から出てきた者の証言だけなのです。具体的には三人で、いずれも、若いウォーカロンの研究者、あるいは技術者です。彼らが、戦闘型のウォーカロンが内部で破壊工作を行い、多くの犠牲者が出ている、と証言しました。ウォーカロンには、リーダがいて、名前はオーガスタというそうです」

「オーガスタ？　そのウォーカロンは登録されていますか？」僕はきいた。

「いえ、実在しない。渾名《あだな》かもしれません。イシカワのウォーカロンは、基本的に日本人か、あるいは東洋人です。その名の者はいません」

「それで、警察はどんな手を打ったのですか？」

「警察は、ロボットの突入部隊を内部へ入れました。しかしそれらは、入ったまま戻りませんでした。連絡がつかないそうです。何体だったのかは聞いていませんが、最低限でも十体で組織するはずです。おそらく、内部にはそれらを排除する兵力が存在する、あるいは、これまでになく強力なトランスファがいて、ロボットが無効化された、というのが警察の見解です。まあ、それは……、妥当な意見だと思います。それで、お昼頃には、もっと大部隊を突入させました。総員三十体のロボット隊です。地上から入れるゲートは一つですが、内部で幾つかに経路が分かれています。四手に分かれて進攻したそうです。また、同時に、超小型のセンサを入れました。壁を這《は》うものや、飛行が可能なものも含まれていますが、通信は途中ですべて途切れてしまい、いずれも戻ってこなかったということです。ロボットの三十体も、現在まで帰還しないそうです」

シモダは、そこで組んでいた手を離し、両手を広げた。お手上げだ、というジェスチャだろうか。

「簡単にご説明すると、そんな感じですね」シモダは口を歪《ゆが》める。「そのほかでは、関連があるのか不明ですが、イシカワ社長が乗った飛行機は、まだ見つかっていません。これについては、日本は捜索協力を申し出ている段階で、詳細なデータはまだ届いていないそうです」

「私たちに、それをお話しになる理由は、何でしょうか？」タナカが質問した。彼が言わなかったら、僕が発言していただろう内容である。

「実は、ハギリ先生に現地に行っていただきたい、と考えております」シモダは言った。

僕はびっくりして言葉が出なかった。「それに、できれば、タナカ先生にもお願いをしたいと……。つまり、あそこの内部をご存じだからです」

僕とタナカは、顔を見合わせた。彼も驚いているようだ。まさか、自分たちにそんな指示が出るとは思っていなかった。冗談が本当になった、という驚きもあっただろう。

「べつに、現地まで行かなくても、ここで必要なコミュニケーションが取れるように思いますが」僕は、シモダにきいた。

「私もそう思います」シモダは即答した。「ただ、一つは、デボラの存在です。ハギリ先生と一緒に、デボラも現地へ行ってもらいます」

「私は、既に現地に行きました」デボラが、僕だけに囁《ささや》いた。

「危険な任務ではありませんよね？」僕は、次の質問をする。

「ここにいるのに比べれば、僅かに危険かもしれません」シモダは答える。「しかし、もちろん、先生方は内部へ突入するわけではありません。周囲は安全なエリアのはずです」

「う―ん、まあ、どうしてもということであれば、もちろん従いますが……」僕は言った。横を見ると、タナカも僕を見て頷いている。「ただ、どうも今一つ、その、私たちが行く理由が、具体的にわからないのですけれど……」

「ウグイの発案なのです」シモダは言った。

「は？」僕は口を開けた。

「アネバネもキガタも、現地に行っています。あちらでは、ウグイがリーダですが、彼女が、ハギリ先生に来ていただければ、事態を打開できるのではないか、と報告してきました」

「本当に、彼女がそう言ったのですか？」僕はきいた。

シモダは、黙って頷く。

「それじゃあ、行かないといけませんね」タナカが横で言う。

「え、どういう理屈からですか？」僕は横にいるタナカに尋ねたが、彼は答えなかった。

2

すぐに出かける準備をして、午後八時に現地の近くに到着した。経路の大半をチューブで移動した。このチューブという乗り物は、一名ずつしか乗ることができない。僕とタナカは、別の路線を使ったらしい。どこを走ったのかは聞いていない。質問しても教えてもらえないような気がする。

最寄りの駅は、飛行場の地下で、そこへ小型ジェットでウグイが迎えにきてくれた。タナカの方がさきに到着していて、コクピットに座って待っていた。

「お食事はされましたか？」ウグイはきいた。情報局では、これが挨拶《あいさつ》なのだろうか、と疑ってしまったほどである。僕もタナカも食事をしていない。ずっとチューブに乗っていた。乗っている間は、だいたいは寝ている。躰《からだ》を横にして乗るので、自然にそういった選択になる。食事をするには不適切な空間だ。

「途中でレストランに寄りましょう」ウグイが言った。タナカがいるためか、しゃべり方がやや丁寧に聞こえる。

途中で寄る、という意味が、よくわからなかったが、僕はタナカの隣のシートに着いた。コクピットは定員四人だ。ウグイが前に座っていて、僕とタナカが後部座席である。ジェット機はすぐに垂直に離陸した。

「イシカワのアソ工場までは、十五分です」ウグイが振り返って言った。

「レストランまでは?」

「十五分です」ウグイは答える。

「じゃあ、レストランから工場までは?」

「十五分です」ウグイは同じ言葉を繰り返した。

機体は前傾し、しだいに水平速度を増しているようだ。いつも海外へ行くときに乗るような飛行機の形ではない。つまり、細長い流線型ではなく、もっとクルマに近いフォルムで、エンジンは端《はし》に四つあった。そのエンジンが最初は垂直だったが、今は傾いている。このタイプのジェット機に乗るのは僕は初めてだった。

隣のタナカが、僕に顔を近づけて、耳打ちするように囁いた。

「空港とレストランと工場は、正三角形の位置関係にあるようですね」

そのジョークに僕は笑いを堪《こら》えつつ、片手を口の横に立て、彼の耳許《みみもと》へ近づく。

「毎回上昇に七分半、降下に七分半をかける超高度軌道かもしれませんよ」

タナカは、目だけで笑ったが、そののち口を手で押さえて横を向いてしまった。笑いを堪えているのだろう。

「あの、聞こえていますけれど、面白いとは思えません」ウグイが振り返った。「現場の状況をご説明します」

「ああ、そうだね」僕は頷く。

「はい、よろしくおねがいします」タナカも慌てて前を向いた。

ウグイの説明の六割方は、シモダから聞いた話の繰り返しだった。少しずつディテールが加わっている。たとえば、警察の人員がゲートまえに四百人以上いること。装甲車なども数台出動していること。マスコミは、危険だという理由で二キロ以内に近づけないこと。その二キロ圏内には、個人の住宅も施設もないこと、などである。

正面ゲート以外にも、地下施設へのアプローチができる。最も大きいものは、ジェット機が降りられるポート。ここは開閉型の施設で、警官がすぐ近くで警備をしているが、閉じられたままだそうだ。このほかには、換気用のダクトが六箇所ある。直径四メートルほど、高さ八メートルほどの円筒形の構造物で、点検のために、すぐ横に地下への階段がある。これを下りていけば内部の施設に通じているが、もちろん地上の入口は内側から施錠されている。施設内に入るには、途中にあるドアも含め、数箇所を破壊する必要があるし、断面が狭いため通ることができるのは人間だけで、重装備の兵力を侵入させるのは難しい。

正面のメインゲート以外にも、大型車両が通ることができるサブゲートが百メートルほど離れた場所にあるが、これは、点検や非常時に備えたもので、内部ではつながっている。警察は、現在この二つのゲートの前に集結している。

「どうして、警察は突入しないのかな?」僕はウグイに尋ねた。

「私は警察ではないので、わかりません」彼女らしい素っ気《そけ》ない返答である。思わず微笑《ほほえ》んでしまった。

「人質を盾にしていることを、普通は強調するものですね」タナカが言った。「その、犯人側というか、占拠している方としては、攻め込まれたくないわけですから……。同時に、どうすれば人質を解放するのか、といった条件を提示するのが、通例だと思います」

いかにも研究者らしい分析である。

「いや、そもそも、その犯人が誰なのか、まだわかっていないわけですから」僕は言った。「目的は別のところにあるのかもしれない」

「警察が、こんなに早く来るとは思っていなかった、という可能性もありますね」タナカが言う。「バレてしまって、犯人側もどうしたら良いのか、パニックになっている可能性もあります」

「しかし、警察のロボットが入っていって戻ってこないというのは、それなりの戦闘力を持っているということなのでは？」

「今のところ、相手の戦力が測れないので」ウグイが言った。「突入するための戦略が立てにくいのだと想像します。警察としては、第二部隊を入れた段階では、少なくともこれで、ある程度は制圧できるという観測があったはずです」

「そうそう」僕は頷いた。「でも、トランスファがいた場合、戦闘にはならず、そのままロボットが相手のものになってしまうこともありえるね」

「いえ、警察はそれは否定しています」ウグイが言った。「トランスファ対策は、万全だったと」

「いや、それはどうかなぁ」僕は腕組みをした。「その対策自体が、まだ最近のものだし、応急措置的なものでしかない。実戦に使われたことも、まだなかったはず」

「ハギリ博士のおっしゃるとおりです」デボラが言った。これは、僕への語りかけではなく、ジェット機の装置に付属しているスピーカから流れた声だった。ウグイもタナカも、その声に一瞬驚いたようだ。「トランスファの実体は、分散型の機能実行プログラムであり、その存在形態に対する呼称でしかありません。それぞれに機能が著《いちじる》しく違います。防御側もプログラムである以上、いずれかが必ず優位である保証はありません。たとえば、簡単な例として、多数で多種のトランスファが存在すれば、その勢力は確率的に優位となります」

「多数で多種のトランスファを、工場の内部のネットワークに持ち込むには時間がかかる」僕は、指摘した。「そうなるまえに、工場の防御システムが感知して、なんらかの反応をしたはずだよ」

「可能性は二つあります」デボラは即答する。「工場の防御システムをなんらかの手段で機能停止させた。これは物理的な攻撃になり、内部に悪意を持った者がいたことを示唆《しさ》します。また、もう一つは、非常に短期間に増殖する新種のトランスファか、あるいは、そのトランスファを物理的に、すなわちメモリィ基板として内部に持ち込んで、電気的に接続した、という可能性です。防御システムを一気に制圧するだけのパワーを、そのトランスファが持っていた場合、これが可能です。トランスファが入ったメモリィ基板をメインコンピュータに直接差し入れたか、あるいはスーパ・コンピュータクラスの機器を内部に持ち込み、ローカルネットワークに接続して支配させたか、いずれかになります。後者の可能性の方が幾分高いと演算されます」

デボラの説明で、人間三人は黙ってしまった。数秒間の沈黙があった。人工知能は、あまりにも完璧《かんぺき》すぎて、会話に隙《すき》がないため、質問や反論が難しい、ということがえてしてあるものである。

「あのぉ、ウグイさん……」タナカが片手を上げた。「ハギリ先生と私を呼んだそうですが、その理由を教えてもらえませんか」

「局長からお聞きになっていませんか？」ウグイは少しだけ表情を変えた。僅かに目を開いた感じである。「はい、簡単に言いますと、情報局と警察の力関係の問題です」

それは、もしかしてそうではないか、と僕が予測していた理由だった。タナカには想像もできない分野だったと思われる。

つまり、現場において、ウグイは、作戦上の発言権を高めたいのだ。

「警察が、君の言うことを聞いてくれないわけか」僕は言った。

「そうは言っていません」ウグイは否定した。では、どう言っているのか、と言葉を待ったが、それ以上彼女は話さなかった。

ウグイはまだ若い。昇格したばかりだ。実際の年齢を僕は知らないし、そんなことは問題ではない。ただ、若く見えることで、軽んじられることはあるかもしれない。特に、古い組織であれば、そういった傾向を習慣的に受け継いでいるだろう。その種の話をときどき、周囲から聞いている。大学や研究機関では馴染まない話題であるけれど、それは、研究者ならば、年齢以外にその人物の能力を測ることが容易だからである。

情報局員の場合は、何が能力なのか僕は知らないが、実戦での能力ならば、ウグイは実績がある。実績があったから昇格したのだ。実力行使を伴うという点で似たような組織である警察は、しかし、そうではないかもしれない。古い組織でもあるから、もっと官僚的な文化があるのではないか。そんな想像を短時間で僕は巡らせた。

三十階ほどの中層ビルの屋上のポートに着陸した。レストランは最上階だそうだ。

「食事は、経費?」僕はウグイに尋ねた。

彼女は、僕を威圧的な眼差《まなざ》しで睨《にら》んだだけで答えなかった。冗談が通じなかったようだ。下品な精神だと誤解された可能性もある。ウィットというものを、彼女にはもう少し学んでもらいたい。

エレベータが開くと、レストランの正面だった。そして、入口の近くにキガタ・サリノが立っていた。

3

キガタのファッションは、ほとんどウグイと同じだった。グレィのスーツで、どこにでもいるビジネスパーソン風である。日本国内だし、しかも警察が相手だから、そうなったのかもしれない。アネバネがどんなファッションなのか早く見たいものだ、と内心思った。

窓際のテーブルに着いた。客は少なく、近くに人はいない。着物姿のウォーカロンの店員が注文を取りにきた。メニューを見て気づいたが、日本料理の店だった。僕とタナカは同じ定食を注文した。ウグイとキガタは、食事は済ませたあとのようで、注文をしなかった。

「こんなところで、ゆっくり食事をしていられる状況なんだね」僕は言った。

「ええ、情報局は単なるアドバイザです。具体的な任務にはまだついていません」ウグイが言う。

「たとえば、どうすれば良いとウグイさんは考えているんですか？」タナカがきいた。これは鋭い質問だ。僕がしたら、きっと鼻であしらわれるところだろうが。

「具体的に考えているわけではありません」ウグイは首をふった。「先生方とご相談したいと思っています」

「内部には、イシカワの従業員がどれくらいいるのかな?」僕はきいた。

「警察が把握している数字では、従業員は、四百名です。しかし、それ以外に、生産されたウォーカロンが大勢いるはずです」ウグイは、そう話しながらタナカを見た。

「そうですね。少なく見積もって五百人。多ければ千人くらいはいるはずです」タナカが応える。「あそこは、ウォーカロンの教育・研修を、特別な人材だけにしか行っていません。ですから、それ以前の子供か若者たちがいます。ポスト・インストールが終わって、各種の試験を行い、その後はほかの施設に移ります」

「従業員は、通っているのかな？」僕は、ウグイに質問する。

「内部に、社員寮があります。近くに大きな街がなく、通うには適しません。ほとんどの従業員は家族とともに、地下で生活しているそうです。家族がどれくらいの数、中にいるのかは把握できていませんが、全員であれば、さらに百人ほど増えます」

「千五百人の人質か……」僕は呟いた。

「社長の飛行機事故との関連は？」タナカが別の質問をする。

「不明です」ウグイは即答する。

キガタは黙っていた。僕やタナカの顔をときどき見つめる。それ以外は、店の中、入口の方へときどき視線を向ける。彼女の任務は、僕たちのガードなのである。

料理が運ばれてきて、それを食べた。箸《はし》を使ってものを食べるのは久し振りのことのように感じた。二人の女性に見守られて食事をするのは、微妙に緊張するものだ。タナカはどうだろう、と想像してしまったが、彼は、いつもよりも上機嫌《じょうきげん》のように見える。タナカは妻帯者だし、小さな子供もいる。ニュークリアに家族がいるのだ。家族から離れるのは病院以来だ、と話した。

「要は、トランスファだね」僕は、汁物の椀《わん》を持ちながら言った。「こちらもトランスファと一緒に突入しないと、たぶん勝ち目がない」

「デボラがそう言っていますか？」ウグイがきいた。

「いや、デボラはまだなにも言っていない。でも、君もそう考えているのでは？」

「はい」ウグイは頷いた。「最終的には、そうなると私は考えました。警察にはまだ話していません。先生に来ていただいたのは、それもあります」

やはりそうだ。僕は、デボラの付き人みたいなものだからだ。

「となると、かなり太い通信経路を構築しながら、進攻することになる」僕は言った。

「たとえば、ケーブルを引きずっていけば良いのかな。ルータを載せた戦車を中へ入れて、ケーブルを延ばしながら進むわけだ」

「ケーブルを攻撃されます。そこが弱点になります」ウグイが言った。

「そうか……。かといって、無線で行うとなると、やはり通信機が狙《ねら》われる」

「内部では、敵のトランスファが合理的な防御をしているはずです」デボラが言った。

これは、僕に囁いた言葉のようだった。しばらく、デボラの発言を待ったが、そのあとは続かない。データ不足なのだろうか。他人事のような口振りだったが、それに対抗できるトランスファとしては、デボラしか選択肢がない。

僕は、しばらく黙って料理を食べた。

「作戦を練るにも、とにかく、中の様子を知る必要があるだろうね」僕は言った。

「今のところ、その作戦は悉《ことごと》く失敗しています」ウグイが言う。

「それは、中がどんなふうなのか、むこうは知られたくないからだよ」僕はそう言ってタナカを見た。

「ちょっと想像ができませんね」タナカは応える。「といって、現地に近づいたところで、想像が可能になるとも思えません。私は、まだ、何のために自分が来たのかよくわかりません」

「内部の状況を、タナカ先生はご存じだからです」ウグイが言った。

「いや、でも、その程度の話ならば、遠くにいてもできるでしょう?」タナカは笑った。

「いえ、今ここで話をしただけでも、私には貴重な体験です。先生方のご意見を聞くことが重要なのです」ウグイが優等生の返答をする。

リーダらしい発言である。政治家のようだ、と思った。これは、ウグイの態度を揶揄《やゆ》しているのではない。彼女は基本的に几帳面《きちょうめん》で誠実な人間だ。僕は彼女を信頼している。また、顔を見て話をしたい、という気持ちもわからないでもない。同じ場にいて、同じ体験をしているとき、ちょっとした発想が生まれることがある。そういった発想を、僕やタナカは求められているのだろう。発想というのは、ある程度ストレスがかからないと生まれないものかもしれない。ウグイが僕たちをここへ招いたのは、妥当な判断だったといえる。

「犠牲者が出ている可能性は?」僕は尋ねた。

「可能性は高いと思いますが、観測できません」ウグイは答える。

「イシカワの幹部は、どうしようとしているのかな？」僕はきいた。「社として、なにか動きがあるのでは？」

「社長と副社長が行方不明です。重要なポストの人物がそのほか六人、あの飛行機に乗っていた可能性があるらしく、現在、これは確認中です。事件への対応については、警察と連携する、最大限の協力をする、という基本方針が決まっただけで、会社独自の動きは、これまでにありません。あれば、警察に知らせるはずです」

「内部からなんの連絡もないというのも、不思議だね」僕は言った。「まずは、相手の目的がわからないと、手の打ちようがない」

ウグイは無言で頷いた。

「たとえば、トランスファが主犯だとすると……」僕は話した。もうほとんど食事は終わっている。「彼らの目的は、ただ、工場内、研究所内の電子領域を自分たちが自由に活動できるエリアにしたいだけだ。物理的なエリア、人間、人工構造物には関心がない。そうなると、既に目的は達成されていて、これで終わりなのかもしれない」

「その場合、突入して帰ってこない警察のロボットたちは、どうなったと考えられますか？」ウグイが質問した。

「内部のコンピュータを守るために、防衛したということでは？」

「防衛だけだったら、一部のロボットが戻れたはずです」

「では、しばらく時間がかかるプロジェクトがあったんだね」僕は答える。

「どんなプロジェクトですか？」

「いや、そこまではわからない」

ウグイは、小さく溜息《ためいき》をついたようだった。

そのさきまで考えても、しかたがないだろう、という気持ちがあった。だから、考えなかったのかもしれない。人工知能だったら、そういったものまで考え尽くしてしまうのだろうな、と思った。

「博士の意見は、妥当だと評価できます」デボラが、僕だけに囁いた。

4

食事を無事に終え、屋上から再びジェット機で飛び立った。ウグイが話していたとおり、十五分ほどで現地に到着した。

近くには人工的な明かりが少ないエリアだったが、警察が点灯している臨時のライトだけは方々で白く光っていた。夜なので、周辺の風景はまったく見えない。見える範囲には樹《き》というものがなかった。大地は緩《ゆる》やかに傾斜している。草原のようである。方角としては、西の方向が高い。つまり、そちらに火山があるということだろう。その火口から四キロほどの距離だそうだ。ハイウェイのような道路があって、そこのライトが点灯しているが、遠くは霞《かす》んでいた。薄い霧が出ているのかもしれない。空も真っ暗で、月も星も出ていない。

ジェット機は僕たちが離れると、真っ直《ま》ぐ《す》空へ上っていき、たちまち見えなくなった。アネバネと会った。ブルーのスーツだった。ネクタイはない。髪が短くなっていて、別人に見えたが、片方だけのアイグラスで彼だとわかった。いつものとおり、無言で頷いただけで、挨拶の言葉はない。

そのあと、ウグイとタナカと一緒に、警察の現地本部を訪ねた。キガタもついてきた。アネバネはどこへ行ったのか、たちまち姿が見えなくなった。

バスに似た車両の内部だった。キガタは外で待つことになる。イシカワのゲートに近づく方向へ歩いてきたのだが、それでもまだ距離は五百メートルほど離れているらしい。控《ひか》えの部屋に五人、制服の警官がいた。といっても、四人は普通の警官よりはずっと位が高そうな感じである。具体的には、帽子の飾りや年齢などの差か。例外の若い警官が、ドアを開けてくれたので奥へ入った。本庁から来ている警視と、政府から派遣された事務官が椅子から立ち上がって、僕たちを出迎えた。二対二で握手をする。

ウグイが、僕とタナカのことを、ウォーカロンの専門家だと紹介した。

「よろしくお願いします、ドクタ」事務官が僕たちに言った。「現在、大きな動きはありませんが、なにかお気づきの点があれば、いつでもおっしゃって下さい」

「よろしくお願いします。まだ着いたばかりです」僕は答えた。「次に、突入する予定は？」

「発表はしておりませんが、明日にも、再度行うつもりです」

「また増員して、ですか？」

「作戦等は検討中です。決定した場合には、二時間まえにはお知らせします」

立ったままの話だったし、そこで会話が途切れ、では、と挨拶だけをして部屋を出た。

屋外に出て、しばらく砂利《じゃり》の上を歩いた。どうやら、この場所は駐車場のようだ。キガタが暗闇に立っていた。

「いかがでしたか？」ウグイが僕にきいた。

「いや、特になにも……」

「私たちには、関心がないのです」ウグイが言った。警察の態度のことだろう。

「それはそうだろうね。国内の事件だし、自分たちの仕事だと認識している。どうして情報局が出てきたのか、といったところなんじゃないの？」

「特殊性が、充分に理解されていないものと思われます」ウグイは言った。

「誰も、まだ理解していない」僕は頷いた。

トランスファについても、実体を彼らは知らないのではないか。報告書を読んだことがある、という程度だろう。

同じ駐車場の一番奥、つまり、イシカワのゲートから最も遠い位置にあるトレーラの中に入った。警察の車両だそうだが、情報局のために貸し出されているらしい。それが決まったのも、つい数時間まえのことで、ウグイは初めて入ると言った。

「ずっと、外でした」彼女はそう言った。

中にモロビシがいた。ブラウンのスーツで、ネクタイを締めている。ビジネスマン風である。端末をセットし本部と通信中のようだった。アネバネとキガタは、周辺へ情報収集に出かけていった。

トレーラの中には、ほかに二部屋あるらしい。ウグイは部屋割りについては説明しなかったが、今日はここに宿泊することになりそうだ、とわかった。海外出張するときに比べると、環境はむしろ悪い。予期しない事故が原因なのだからしかたがないだろう。

小振りなソファがあって、そこに僕とタナカが腰を下ろした。モロビシが、紙コップに入った温かいコーヒーをテーブルに置いた。どこでいつそれを淹れたのか、それらしいメカは見当たらなかった。

「さてと、どうなるのかなぁ」僕はソファの背にもたれて脚を組んだ。「二度も失敗したんだから、今度は、警察も考えるだろう。そうなると、突入して、なんらかの情報が得られるかもしれない。あっさり、相手が投降して、解決するかもしれない。警察とやり合ったりしても利はない。それくらいは演算するんじゃないかな」

「トランスファとしては、既に最終目的を達成している、というさきほどの話が、最もありそうに思えますね」タナカが言った。「工場の電子空間に隠れて留《とど》まるような潜伏工作も、既に完了しているでしょう」

「しかし、それくらいのことは、イシカワも考えていたはずですし、万が一そうなった場合、コンピュータをすべてリセットするでしょう。それができる態勢を取っていたのではないでしょうか。そうなると、トランスファはそれを物理的に阻止《そし》しようとする。そういった攻防になるかと……」

「メモリィを人質にして、リセットさせない工作をすると思います。それで、潜伏したまま、工場自体の支配を長期にわたって行うことになるかもしれません」タナカが言う。

「ああ、そうか……」彼は指を鳴らした。

僕もそれがわかった。

「なるほど、だから旅客機が行方不明になったのか」僕は、それをわざわざ言葉にして呟いた。ウグイたちに対するサービスである。

「ということは、社長と副社長がいなくなったあとに誰がその地位に就《つ》くのか、ということに絡んでくるわけですね?」ウグイが言った。さすがに反応が早い。「あるいは、その人物が、すべてを仕掛けた可能性もあります」

「後釜《あとがま》というね」僕は言った。「知っているよね?」

「知りません」ウグイは首をふった。「警察に知らせましょうか?」

「いや、証拠があるわけではない」僕は片手を広げた。「それに、その後釜の人物だって、単にコントロールされているだけかもしれない。ウォーカロンかもしれない。主犯が誰かが、問題だ」

「重役クラスには、ウォーカロンが数名います」タナカが言った。「しかし、工場を乗っ取って、何がしたいんでしょうか。いや、そうか、なにもしなくて良いのですね。ただ活動できるエリアがあれば、彼らは満足なのか……。うーん、なんだか、その電子界の価値観に頭がちっとも切り替わりません」

「先生方でもそうなのですから、警察には無理だと思います」ウグイが言った。よほど、警察に対して不満があるのだろう。

「もし、次の突入でも、事態に変化がなかったら、どうする?」僕はウグイにきいた。

「私たちにできることは限られています」彼女は首をふった。「警察は、まず軍隊を呼ぶでしょう。それよりも、明日は、おそらく突入をしません。時間をかけて、ゆっくりと観察する作戦に切り換えるのではないでしょうか」

「どうして、そう思う?」

「そうするうちに、方々から、援助なりアドバイスなりが集まるからです。たぶん、海外からなんらかの援助があるかと」

「そうか、ホワイトのことを言っているんだね?」僕は言った。ホワイトというのは、ウォーカロン・メーカの協会みたいな連合組織だ。イシカワも巨大な企業だが、もっと大きな企業が幾つか加盟している。「たしかに、兵力を持っているのは、イシカワ以外のメーカだ」

「そのとおりです。今頃、こちらへ向かっているのかもしれません」タナカが言った。

「だから、明日くらいには、その連絡が正式にある。日本の警察に協力して、自分たちの部隊が中に入る、と申し出るでしょう。表向きはですが……」

「表向きというと、実際の意図が別にある、ということですか?」ウグイがきいた。

「イシカワには、内部を公開したくない理由が存在します。それは、ウォーカロン・メーカならばどこでも同じです。だから、ホワイトという組織がある。政治的にも、強力ですから、日本の政府を動かすことなんか簡単でしょう」

僕はウグイを見た。彼女は、壁にもたれて立っている。いつものポーズだ。面白くない、という顔に見えた。もっとも、それが彼女のいつもの顔ではある。

「君は、どうしたいの?」僕は彼女に尋ねた。

「真相を知りたいと思います」ウグイは答える。「トランスファが関与しているならば、データを得る貴重な機会です。また、イシカワがなにか隠しているのでしたら、それも情報局としては、是非摑《つか》んでおきたいと思います」

これも、優等生の返答である。

キガタとアネバネが戻ってきた。なにも言わないところを見ると、異常はないということだろう。

「ちょっと、外を歩いてきて良いかな？」僕はウグイにきいた。

「お一人では駄目です。アネバネとキガタが一緒に行きます」ウグイが答える。

ウグイと二人でも良かったのだ。帰ってきたばかりのアネバネとキガタには申し訳ないが、三人で外に出た。僕は、キガタに少し離れていてほしい、と頼んだ。アネバネはそもそも近くにはいないので問題ない。もちろん、デボラと話がしたかったからだ。

「残念ながら、博士に報告できるような情報はありません。内部の様子はまったくわかりません。完璧に遮断されているようです。警察のシステムにも入りましたが、彼らの状況も同じです。ウグイさんが言っていたとおり、明日の突入は可能性が低いようです。警察庁が未《いま》だ許可を出していません。ホワイトからは、既に連絡があった模様です。アミラの観測では、大型の貨物機が、チベットから九州の空港へ向かっているそうです。ウォーカロンの戦闘隊ではないでしょうか」

「図体の大きい奴らかな？」

「そうですね、身長は二メートル五十ほどあります。博士は、ご覧になったことがあるのですか?」

「あるよ」

「その記録を、私は知りませんでした」

「レポートにはなっていないと思う。ああいうのを、今でも作っているんだね」

「需要があります。買い手がいます」

「どこかで戦争をしているということかな?」

「いえ、表立った戦争にはなっていませんが、兵力を持つことで抑止する効果があります。また、どの国も警察組織がそれなりの兵力を保持しています」

「日本も?」

「日本は、検討している段階です。しかし、今回のことで、購入する運びとなるでしょう。その意味では、願ってもないセールス・プロモーションといえます」

「それが、今回の騒動の動機だという可能性は?」

「演算しましたが、高くはありません、残念ながら」

「いや、残念ではない。ちょっと安心した」

　霧がさらに濃くなっているようだった。風は弱いが、冷たく湿った空気が停滞し、躰に粘着するように感じた。ヒータのついた服装ではないので、早々に引き上げることにしよう、と思った。

「内部に武器を持った勢力がいる可能性は？」僕はデボラに尋ねた。

「ほぼまちがいなく存在します。ただ、好戦的かどうかは特定できません。統制が取れているかどうかも確定できません。演算が難しい事例といえます。ただ、これは偶発的な事故ではありません」

「やはり、そう考えるべきかな。となると、解決するためには、中に踏み込む以外にないということか」

「ウォーカロン・メーカの部隊が明日にも到着する可能性が高いのですが、メーカの自演だという可能性は低いと演算されます」

「わからないよ、そう見せたいだけなのかも」

「もしそうであったら、警察の突入以前に連絡があったと思われます。その方が、政府に対する売り込みが有利になります」

「なるほどね。自作自演である可能性は？」

「およそ十五パーセント」

「なきにしもあらず、といったところだね」

5

静かな霧の夜は明けた。なにも起こらなかった。窓の液晶ブラインドを消すと、素晴《すば》らしい光景が展開していた。緩やかで滑《なめ》らかな曲面が連続し、ずっと低いところまで見渡すことができた。窓は東に向いていて、太陽が室内に斜めの輝かしいラインを何筋も差し入れた。

イシカワのゲートは反対側なので見えない。警察の車両も風景の中にはなかったため、なにものにも祝福された平和な朝の風景がそこにあった。どうして、自分はここにいられるのだろう、と一瞬考えなければならないほどだった。

カプセルを開け、着替えをし、部屋から通路に出ると、ウグイがいた。僕の顔を見て、リビングのドアを開けた。コーヒーメーカのスイッチも流れるような動作で入れた。キガタだったら、まず挨拶をして、コーヒーを飲まれますか、ときいたところだろう。

「キガタは？」僕は尋ねた。

「外をパトロールしています」ウグイは答える。

「警察は、なにも発表していない？」

「はい。しかし本局から、ホワイトの警備隊がまもなくこちらへ到着すると連絡がありました。政府の指示によるもので、警察と協力して行動することになったそうです」

「警察のロボットも加わるということかな？」

「それはないと思われます」デボラが発言した。ウグイにも聞こえたようだ。

「足手纏《あしでまと》いか」僕は頷く。「つまり、日本の警察のトランスファ対策が不充分だということかな。少なくとも、政府にはそう説得したのかも」

「情報局も不充分でしょうか？」ウグイが言った。

「不充分である確率は、十五パーセントです」デボラが応える。

「なきにしもあらずだ」僕がつけ加える。

ウグイは、僕を見て首を傾《かし》げたが、コーヒーができたようなので、カップを僕の方へ持ってきてくれた。

「では、しばらくは、なにもすることがない」僕はコーヒーを一口飲んだ。「お手並みを拝見したいところだけれど、様子は見えない。そもそも、どれくらいの部隊が来るのかな……」

「ウォーカロンの武装兵士が四十五体、それに指揮官のウォーカロンが二体です」デボラが言った。

「四十七士ですね」ウグイが呟いた。

「討入《うちい》りってわけか……」僕がそう言うと、ウグイが僅かに微笑んだ。キガタには通じない話題かもしれない。

タナカも起きてきた。ウグイがタナカのためにまたコーヒーを作った。

「こんなにゆったりとした朝は、久し振りです」タナカは言った。「ハギリ博士は、これが毎日なのですねぇ」

「え？　どういうことですか？」僕は驚いてききかえした。

「いえ、子供がいたら、こんな静かな朝はありえないんですよ」タナカは言う。

そうなのか。子供というのは煩《うるさ》いものなのか、と思ったが、タナカの顔はそれが嫌そうではない。半分は冗談だということか。

「ホワイトの部隊が来るそうですよ」僕は言った。「タナカさん、呼び出されるかもしれませんね。内部の事情を教えてくれって言われるかも」

「それはありませんよ。ここの施設のことは、みんなが知っている。イシカワの本社はここではありません。内部の配置図も公開されているし、関係者も外部に沢山《たくさん》います。私よりも熟知している者がいるはずです。既に、それらのデータはインプットされていることでしょう」

「その戦闘用ウォーカロンというのは、ウィザードリィ製ですか？」僕は尋ねた。ウィザードリィとは、アメリカを中心とするウォーカロン・メーカである。根拠のまったくない、勝手な印象と想像できいてみた。

「そうですね、基本設計は、アメリカとドイツがしました。前世代の、つまりメカニカル・ウォーカロンの時代になります。当時は、その種の商品は需要があったし、今よりも重装備で、まあ、ちょっとエスカレートしていた感はありましたね、その、火力の類《たぐい》を躰《からだ》の一部に取り込んでいて、まさに戦士でした。今は、そうではありません。武器とリンクはしていますが、いずれも自律系です」

「普通のウォーカロンとの違いというか、明確な差があるのですか?」

「いえ、特にありません。オプションを装備しているというだけです。メカニカルな部分を増やせば、エネルギィ的な補給が必要になって、そのあたりの設定をどの程度にするのかで用途が決まりますね。人間というのは、わりと省エネな機械なんですよ」

「まあ、そうでしょうね。でも、それらのエネルギィ変換も、コンパクトなメカニズムで実現できるようになってきました」

「そうそう、ハギリさんの分野になりますね。ええ、そのとおり、新しいものは、人間に近づいています。これは、武器も同じでしょう。たとえば、蜂《はち》や蛇《へび》の方が省エネだし、コンパクトです」

僕はウグイを見た。ウグイが使っている武器は、かなりクラシカルな部類のものが多いだろう。武器については、僕はまったく詳しくはないし、取扱いにも不慣れだ。たまたま、今の立場になって、そういったものを見かけるようになった。

「中にいる人たちが、なんとか外部とコンタクトを取ろうとか、あるいは脱走しようとか、いずれ考えるのではないでしょうか」僕は言った。「まだ、昨日の今日なので、みんな大人しくしているのかもしれませんけれど」

「どうなんでしょう。ウォーカロンの比率が圧倒的に高いですからね」タナカはそう言いながらコーヒーを飲み、窓の方を向き、目を細めた。

ウォーカロンは、人間に比べると、順応性が高い。不満が爆発するようなことが少ない。怒りの感情が、人間ほど衝動的ではない。そういった特徴がある。というよりも、そうなるものが選ばれて生産されているのだ。

ウォーカロンではなく、人間の従業員もいるはずだが、多くは研究者だろう。だとすると、平均的な人間よりは、やはり暴力を嫌うかもしれない。揉《も》め事《ごと》に巻き込まれたくない、と考えるのではないか。自分がそうだから、なんとなくそう思えてしまう。たとえば、ウグイのような人間が内部に多数いたら、数々のチャレンジを実行に移すだろう、と想像できる。

情報局員のモロビシ、アネバネ、キガタの三人は外に出て、主に警察の動向を観察しているようだった。否、僕とタナカの警護を外でしている可能性もある。特に、キガタはそうかもしれない。ウグイだけが、トレーラの室内に留まり、僕たちと同じ部屋にずっといた。僕とタナカは、研究のテーマで議論をしていたが、単なるおしゃべりだったともいえる。しかし、これは大事なことだ。テーマが決まっていない会話の方が、話している間に生まれる発想が大きいように、常々感じている。

行方不明の航空機の続報もなかった。各国が方々で捜索をしている。世界政府内に対策本部が設置され、レーダや通信の記録が集められている。また、数箇国の情報機関が協力を申し出た、というような報道だけだった。

墜落したとしたら、インド洋なのではないか、という見方が有力だが、それと同じくらい、宇宙空間を飛んだままなのでは、という予測が聞かれる。これについては、タナカとも話し合ったが、作為的な行為でなければ、おそらく海に落ちただろう、という結論になる。地球を周回していればレーダで発見される。それを防ぐようななんらかのデータ操作がなければ、行方不明になることはできない。ただ、データ操作がないとはいえない。そこは、判断が難しい部分だ。アミラとデボラも、ほぼ同じ推測をしている。彼女らも、現在までに有力な情報は得られていないそうだ。

タナカは、飛行機を乗っ取って乗客を人質にした可能性はないか、と僕に言った。これは、意外な発想だったので、デボラに尋ねてみたが、アミラもデボラも、これを否定している。そういった場合であれば、既になんらかの要求が提示されているだろう、という演算結果だった。つまり、意図的に飛行機を行方不明にしているとしたら、それが有効なのは比較的短時間であり、長くは誤魔化せないはずだ、との推測が有力だからである。

十時頃、ウグイが外に一旦《いったん》出ていき、すぐに戻ってきた。

「ホワイトの部隊が到着しました」彼女は告げた。

窓の外を見たが、反対側なのでなにも変化がない。晴天で、空は青一色に澄み渡っている。草原は既に黄色に色づいているが、眩《まぶ》しいくらい綺麗《きれい》な色彩だった。見物のために外に出ることにした。ウグイも特に反対しなかった。これだけ警察が沢山いるのだから、滅多《めった》なことはないだろう。

6

道路に大型のトレーラが連なって駐車されていた。先頭のトラクタ部にキャビンがあって、あとは鉄道車両のように連結された五両のトレーラだった。トレーラもトラクタ部分もキャビンも、すべて真っ白で、ロゴなどはどこにも書かれていない。到着した音もまったく聞こえなかった。静寂な走行が可能なようだ。

トレーラは、サイドが持ち上がっていて、既に道路に大きなロボットが並んでいる。否、ロボットではない、ウォーカロンなのだ。しかし、まったくそうは見えなかった。プロテクタを付けているし、いずれも大きな盾のような防具を持っている。ほとんど動かない。そのため、ロボットに見える。

色はさまざまだが、グレィかカーキィに近い。なかには迷彩のものもある。もう少し近くで見ようと思ったが、ウグイに止められた。

「どうして？　危険はないと思うけれど」僕は彼女に言った。

「はい、根拠はありません。私は、あれが嫌いなんです」

この言葉に、横にいたタナカがふっと息を吐《は》いた。笑ったのかもしれない。しかし、ウグイは表情を変えない。そういえば、ナクチュで住民たちを襲ったのも、あんな大型のウォーカロンだった。ただし、あそこで見たものよりも、見るからに新しい。最新鋭の兵器に見える。

「こんなものが、平和な日本に来るなんてね」僕は呟いた。そして、空を見上げた。青い空には、鳥も飛んでいない。「マスコミは、この光景が撮りたかっただろうなぁ。こんなの、滅多に見られない」

「これを想定して、この場所だったたし、あらかじめ、マスコミを遠ざけたのかもしれませんね」タナカが言った。「考えすぎでしょうか？」

「人間の考えすぎは、人工知能の平常演算と同じですからね」僕は言う。平常演算なんて用語はないが、使ってみてから、これは専門用語になるのではないか、と面白く感じた。

博物館に行くか、あるいは軍隊の公開演習やその種のアトラクションへ行くかしないかぎり、日本では兵器を身近に見る機会はないだろう。ミリタリィのマニアだったら、垂涎《すいぜん》の的《まと》ではないのか、と思い至ったところで、ウグイを見ると、彼女はたしかに、兵士たちに注目している。嫌いとは言ったものの、興味はあるのだろう。彼女は、その種の趣味を持っている、というのが僕の認識である。ジェット機とか銃とかに詳しいのだ。近づいていき、話しかけてみることにした。

「どう?」僕はきいた。彼女がこちらを向く。何をきいているのか、という顔である。

「あれは、昨日突入した警察とは、だいぶ違っている?」

「はい」ウグイは頷いた。「格段の差があります。警察が突入させたロボット隊は、おそらく訓練を受けた人間よりも劣るものでした」

そうだったのか、と僕は納得した。戦闘ではなく、災害救助の調査部隊だったかもしれない。相当に鈍い連中だったということだろう。

「でも、あれも、まだ動いていない。鈍いかもしれない」僕は言った。

「それはないと思います。あのサイズになるのは、重い重火器を扱うためですが、市街地や構造物内での戦闘に特化したものです。大きいから機敏性に欠けるということでは意味がありません。充分なパワーを備えているはずです」

「そういうことが、見てわかる?」

「わかります。さきほど、シールドを下ろしたときに、脇のアクチュエータが見えました。もうすぐ動きますから、わかりますよ」

本当に嫌いなのか、と疑われる発言である。彼女の言ったとおり、兵士たちは歩き始めた。それがまったく音がしない。号令もかからないのに、一斉に、しかも滑らかに移動を始めたのだ。

「本当だ。凄いな」僕は思わず呟いた。「軽そうだね」

「そうですね、比重は人間と同じくらいです。体重は二百キロもありません。シールド系にはチタン合金が使われていますが、多くのストラクチャは、カーボン繊維補強バスケットです」

「バスケット？」

「ニットのように編み込まれたものです」

「ニット？」

「織物《おりもの》のことです」これを教えてくれたのはデボラだった。博学な友人たちに、僕は恵まれている。

ゲートの前に集結し、隊列を整えたところで、また停止した。すぐに突入するのか、あるいは指示を待っているのだろうか。

「警察のロボットが加わるのかと思っていたけれど、違うのかな」僕は言った。

「形式的にも、協力したことを示さないといけませんから、そうすると思いますが」ウグイが言った。

そもそも、今日突入する予定だった警察のロボット隊がどこかに控えているはずである。どこにいるのだろう。見晴らしの良い場所で、広いエリアを確認できる位置にいたが、それらしいものは見当たらなかった。

「マスコミが映像を撮っているような場所だったら、絶対にそうしたでしょうけれど」タナカが近くに歩いてきて言った。僕たちの会話が聞こえていたのだ。「ホワイトからは必要ないと言われているでしょうし、警察も、これ以上損害を出したくないでしょうから、すべて任せることにしたのかもしれませんね」

キガタが走って近づいてきた。

「警察から、トレーラの中にいるように、と言われました」キガタは、ウグイに報告した。

「え、どうして?」ウグイは不満そうな顔だ。

「もうすぐ突入するそうです。万が一、内部から発砲があるといけない、ということだと思います」キガタは、僕を見た。「先生たちは、中へ」

僕とタナカは、トレーラの中に入った。しかし、このトレーラがどれくらい流れ弾を防いでくれるか疑問である。

「これ、防弾機能がある?」トレーラの壁を手で軽く叩《たた》く。

「弾丸などは防げませんが、爆風や、破壊して飛散したものは防げます」キガタが言った。冷静な口調である。

ウグイは、中に入ってこなかった。外で、ホワイトの部隊を見守るつもりだろう。

「突入を始めました」デボラが教えてくれた。

ソファに座ろうとしていたが、また立ち上がってしまった。キガタには、手を広げて見せ、僕は出口へ近づき、ドアの窓から外を見た。見るだけだから大丈夫だ、という意味であるが、通じただろうか。

大量にいたウォーカロン兵士たちは、もう姿がなかった。ゲートの中へ入っていったようだ。それ以外に変化はない。音もしない。近くに、ウグイが腕組みをして立っているだけだった。その彼女も、こちらへ戻ってきたので、僕は慌ててソファまで戻った。

時計を見た。十時三十五分である。

入ってきたウグイは無言で、僕の顔を一瞥《いちべつ》したあと、キガタを連れて壁際へ行き、なにか指示を与えたようだ。キガタは一度だけ頷くと、また外へ出ていってしまった。

拍子抜けするほどあっけない突入だった。しかも、その後もなにも起こらない。五分経《た》ち、十分が過ぎた。僕とタナカは、それぞれが想像している状況について話し合った。

ゲートから入った道は、まず螺旋《らせん》スロープに通じている。これを二回転下りたあと、百メートルほど直線を進んだところに受付があり、シャッタで侵入を防ぐ装置がある。そこを過ぎると、先に大きな駐車場があるそうだ。また、その手前で二手に道が分かれていて、右は、位置的には奥になる研究所へ向かう。左は、管理棟へのアプローチで、こちらは近い。一方、駐車場の突当たりに工場の入口がある。この工場の奥で、研究所との中間に位置するのが、社員寮や、それに付属する施設である。施設の中には、病院、学校、商店などがあるという。これらへのアプローチは、研究所へ向かう道の途中で分岐がある。

もし、この地下施設全域を武力によって制圧するならば、当然、最初の受付の付近、つまり、駐車場や交差点の位置に、主力部隊を配備しているはずだ。警察のロボット部隊が突入して、交戦があったとすれば、その受付の付近だろう。敵の部隊は、駐車場にいるか、一部は二本の道の途中にいるはずである。これが、タナカの見立てだった。

内部では、なんらかの方法で外部から情報を得ているはずだ。ネットワークが遮断されているとはいえ、マスコミの報道などで外の様子を知るため、電波を受信していることはまちがいない。今のところ、外部へ向けて発信はされていない。それがあれば、警察が傍《ぼう》受《じゅ》できるはずである。

光ファイバは不通になっているものの、電力を含め、各種のケーブルが通じている。その中には、アンテナの高周波配線もある。したがって、ホワイトの部隊が出動したことは、おそらく知っているだろう。それに備えているはずだ。

「そうだとすると、駐車場のような広い場所では、ホワイトの兵力が有利になるから、内部の部隊は、工場内か研究所内に立《た》て籠《こも》ることになると思います。ゲリラ戦に持ち込むはずです。その方が、トランスファには有利です。相手の動きがすべて察知できるわけですから」

「なるほど」僕は、タナカの話に感心していた。彼は、潜水艦を自作したことがある。基地に隠れて、長年、警察やウォーカロン・メーカから逃れていたのだ。実戦的な技術を持っていることは確かだ。「武器としては、内部にあるものは、規模が限られているでしょうね」

「当然そうですね。ここは日本ですからね」タナカは大きく頷いた。「まともに戦ったら、さっきの部隊にはかないませんよ。ただ、連中もあまり破壊力の大きなものは使えない。脅すだけだと思います。トランスファは、コンピュータの電源が落ちることを恐れるのではないでしょうか」

「内部には、発電施設は？」僕はきいた。

「ないと思います。日本は、コバルト・ジェネレータを民間に認めていません。電力については、国家主義なんです」

「では、電源を落とせば、中のトランスファは全滅するのでは？」

「そうです」タナカは頷いた。「しかし、ウォーカロンの多くもダメージを受けます。人間も同じです。空調が止まったら、長くは生きていられません。地下なのですから。自然換気では、数時間しかもたないのではないでしょうか」

「電源のバックアップは？」

「最低限のものは備えていると思います。その間に、ネットを再開して、トランスファは逃げ出すでしょう。でも、電源と同時に光ファイバも切断すれば、ほとんど消滅するはずです」

「その作戦をしないのは、やはり、人間とウォーカロンが中にいるからですね、人質として……」

「それに、その程度のことは、トランスファも人工知能もまっさきに手を打つはずですから、なんらかの回避経路をあらかじめ用意していると思いますよ。そのことを、日本政府の人工知能も見抜いているから、手が出せない」

「タナカ博士のおっしゃるとおりです」デボラが僕に囁いた。「警察の作戦は、ペガサスがトップで演算をしているようです。これは、アミラの予測ですが」

ペガサスというのは、日本政府の主要な人工知能の一つである。トウキョーの地下深くに設置されている。オンラインではないが、比較的高位の人間を通して指図をしていることだろう。僕が会ったときには、ペガサスは少年のロボットだった。少年が警察庁長官に指示をするイメージが、僕の頭の中に浮かび上がっていた。

7

一時間経過しても、なにも起こらなかった。ウグイの許可が下りたので、僕とタナカは外に出た。

太陽が高くなった。警察の車両や人員に変化はない。ゲートの付近は閑散としたままだ。白い大型トレーラは、いつの間にか引き上げていた。この付近では邪魔になるので、離れた場所へ移動したのだろう。といっても、マスコミのカメラが捉《とら》える場所へは行かないはずである。そもそも、マスコミがどこにいるのか僕は見ていない。夜に来たので見えなかった。見られないように夜を選んだ可能性もある。わざわざウグイがやってきてレストランに寄ったのも、真っ暗になるのを待ったのかもしれない、と思いついた。こちらは、僕たちがいるニュークリアよりは、日没の時刻が三十分は遅いはずだ。

ウグイは、一度どこかへ行ってしまった。その間は、キガタとアネバネが僕たちの近くにいた。キガタは五メートルほどのところに、アネバネは三十メートルほど離れたところにいた。野生動物でも、これくらい離れれば恐くないだろうという距離だ。

ウグイは、十五分ほどで戻ってきた。警察のリーダに会ってきたらしい。ホワイトからの連絡はまだない、ということだった。一時間以上が経過しているのだ。なんらかの連絡があってしかるべきだろう。

そのうちに、ゲートの付近に車両が集まり始めた。六輪の装甲車もあった。警察の動きが慌《あわ》ただしいのは、聞こえてくる号令でも明らかだった。大勢が叫び合っているのだ。

「警察が入るようですね」ウグイが僕に言った。「そうするのではないか、とさきほどきいたら、まだ考えていないと話していましたが、もう方針が変わったということです。たぶん、本部から許可が下りたのでしょう」

「だったら、最初から一緒に行けば良かったのに」

「私も、そう思います」ウグイが頷いた。

どこから集まったのか、ゲートのまえにたちまち隊列が作られた。ロボットの部隊が五十体ほどである。装甲車が先に二台進み、それを盾にしてロボット隊が進攻するようだ。人間はおそらく一人も含まれていないだろう。もちろん、ウォーカロンもである。すべて、機械。ロボットも装甲車も自律型だろう。

「あれを見て下さい」ウグイが指差した。「装甲車の後ろにドラムがあります」

たしかに大きなリールのような形状のものが二つあった。

「ケーブルを引いて、有線で進攻する作戦のようです」ウグイが説明する。

螺旋スロープを下る道路を過ぎたくらいで、通常の電波は届きにくくなる。そこで、ケーブルを延ばしながら中に入り、有線で通信を確保するという作戦のようだ。

「なるほど、これは面白い」僕は感想を述べた。「少なくとも、内部の様子が外から見えるようになる」

掛け声が聞こえた。叫んでいるのは人間である。その本人は中には入らないはずだ。装甲車が進み始め、ゲートを過ぎトンネルの中に消えた。続いて、ロボットたちが並んだまま進んでいった。さきほどのホワイトの部隊に比べると小さい。人間サイズのロボットだった。持っているのは、長い銃のように見えた。

全員が中に入り、また静かになった。

車両が何台か移動しているほかは、また動きがなくなり、静かになった。

「警察の映像をハッキングしますか?」デボラが言った。ウグイにも聞こえたようだ。

「中で見せて」彼女は言った。

僕たちはトレーラの中に入った。端末の前に集まると、そこに映像が現れる。デボラが見せてくれているのだ。不安定なカメラだが、不鮮明ではない。道路は直線なので、既に螺旋のスロープを抜けたところのようである。一度そこで停止した。シャッタが半開きになっている。そのままでは装甲車が通過できない。ロボットが銃を構えて前に出ていき、シャッタの先を確認している。

「この先が、すぐ駐車場ですよ」タナカが言った。「ここまでなにもなかったみたいですね。シャッタはどうして半開きだったのかな。開いているか、閉まっているか、どちらかいはずです」

「故障したのではないでしょうか」ウグイが言った。「普通は、この位置では止められないはずです」

そういうものなのか、と僕は聞いていた。キガタも近くに立って、黙って映像を見ている。アネバネとモロビシはいない。まだ外のようだ。

シャッタが上がり始めた。ロボットが操作をしたのだろう。内部が見えてくる。少なくとも暗闇ではない。照明は灯《とも》っているようだ。

広い駐車場が見えた。カメラを搭載している装甲車はまだ進まない。ロボットが先に出て、左右を確認しているようだった。やがて、ゆっくりとした速度で前進を始めた。

駐車場には、奥の方にクルマが集まっているのが見えた。警察のロボットや、ホワイトのウォーカロンの姿はない。倒れている人もいない。破壊された構造物も見当たらない。なにもない、普通の風景だった。

天井《てんじょう》の高さは五メートルほどのようだ。柱が一定間隔で立っている。ずっと奥に壁らしきものが見え、窓かドアと思われるものも確認できた。その手前にクルマが何台か並んでいる。

カメラはときどき左右に振られる。両サイドは、柱が整列しているだけで、空間がずっと奥へ続いている。遠くは暗いのでよく見えない。今、装甲車がいる位置が、最初の交差点のようだ。ここから左右に分かれる道があって、いずれもカーブしながら奥へ続いている。カメラは、また正面を向いた。ズームにして、奥を捉えた。また、引いて全体を見る。巨大な地下駐車場のような雰囲気である。

少なくとも、動いているものは見当たらない。

カメラが切り替わった。揺れていて、動きが速い。これは、ロボットに取り付けられたものだろう。柱に隠れ、周囲を確認し、次の柱へ移動している。道路が見えて、そのセンタラインがカーブして奥へ向かっていた。どうやら、交差点から右方向へ行く道のようだ。

「この道が、研究所へ向かうものだと思います」タナカが解説した。

交差点で、部隊が分かれたのだろう。ロボットは、装甲車と電波で通信をしているはずだ。その映像が、地下まで引き込んだケーブルで地上へ送られてくる。

「少なくとも、だいぶ進展した」僕は呟いた。「ただ、解決にはほど遠いかな」

誰も僕の言葉に反応しなかった。緊張した面持ちでモニタを見つめている。

そのあとも、同じような映像が続いた。ときどき、カメラが切り替わった。別の場所にいるロボットの視点になる。違う道路を進んでいるグループのようだった。

再び最初のカメラに戻ったとき、装甲車は、駐車場の中程まで進んでいた。駐車されているクルマは、多くはコミュータだが、荷物を運ぶボックスカーもあった。それらの間をゆっくりと進む。少し離れたところを、同じ六輪の装甲車が進んでいて、横を向いたカメラがそれを捉えることがあった。

ロボットたちは、装甲車よりは前に出ない。大勢は後ろにいるようだ。

ついに駐車場の一番奥まで到達した。そこは平面の壁で、正方形の窓がほぼ均等に並んでいる。また、少なくとも三箇所に入口らしきものがあった。中央の入口が最も大きい。

装甲車の一台は、その正面にいる。十メートルほどの距離を残して停止した。両サイドへカメラが向く。

また、ロボットのカメラに切り替わる。装甲車を後ろから捉えた映像だった。

周囲を見回している。これまで進んできた広い駐車スペースも映し出された。

ロボットは、ばらばらに散っている。天井を支える柱があって、その蔭《かげ》に隠れているのだ。

ロボットたち以外に、動いているものはない。人影は見当たらない。

これまでに入っていった警察のロボット隊が少なくとも四十体、それから、ホワイトの大型ウォーカロンが四十七体。それらの姿はどこにもない。

再び、正面の入口が映し出される。

カメラがズームになる。

赤外線解析が行われている。熱源を探知しようとしているようだ。

動くものはない。

そのドアは両サイドへスライドするタイプだった。

カメラの映像では、ガラスのように見えた。赤外線はガラスを透過しないので、内部の熱映像は見えない。

タナカが、工場の正面玄関だ、と説明した。中にロビィがあって、その左右両側に大きな工場スペースに入る入口がある。ロビィの突当たりから、事務系の部屋が並ぶ通路が真っ直ぐに延びている、と説明した。

ロボットが二体、そのドアに近づく。

ドアの両側の壁に、行き着いた。

ガラスの中を覗いている。

ドアが開いた。おそらく、ロボットの接近に反応して作動したのだろう。

ロボットは、内部に向けて銃を構える。その後、さらに二体が接近し、両側に二体ずつになった。

ガラスのドアは、開いたままだった。

正面から捉えているカメラが、ズームになる。

ロビィの中へ入っていくような映像になった。両側にドアがあり、突当たりは、両サイドにエレベータらしきドア。中央には開口部があり、通路がさらに奥へ延びていた。先は暗くて見えない。誰もいない。動くものはなかった。

8

「工場ではない、ということかなぁ」僕は呟いていた。

「となると、研究所でしょうか」タナカがモニタを見ながら応える。「しかし、工場にも誰かはいるはずです。二十四時間稼働《かどう》しているのですから」

「変だな……。どうして、こんなに静かなんだろう。誰もいないみたいに見える」僕はウグイを一瞥した。彼女は腕組みをしていて、モニタを見据えて動かない。「研究所は、ここより、だいぶ奥ですよね。そちらで守りを固めているということかな?」

「戦略的に、ちょっとありえないように思えます」タナカが言った。「この駐車場で迎え討つはずだ、と予想していたのですが……」

「警察は、どう判断するでしょうか」ウグイが言った。

そう、そこが問題だ、と僕も思った。一旦ここで引き返すか、それとも、研究所へ進むために、さらに増員を送るのか。

ロボットたちは、ロビィへ既に数体が入ったようだ。そこから左右の工場スペースを覗いている映像に切り替わった。どちらも、広いエリアである。通路が中央に通り、両側に棚や機器が並ぶ。ガラスで仕切られている部分もある。全体は見渡せない。ロボットたちは、左右それぞれへ、ほぼ真っ直ぐに前進し、周囲を確かめ、各種の分析映像を送ってくる。

工場といっても、化学プラントが小型化したような設備に見えた。パイプラインが無数に交差し、各種のユニットが並んでいる。一見して、何を生産する装置なのかまったくわからない。不思議なのは、動いているロボットなどが一台も見当たらないことだった。また、どこにも破壊されたような形跡はない。この場所で戦闘があったら、もっと壊れたものや、飛散したものがあるはずだ。

別の場所の映像に切り替わった。

「人が倒れている」との声が同時にモニタから聞こえる。

両側に装置が並ぶ作業場のようなところだった。工場内の一角だろうか。床に人が倒れていて、そこへ接近する映像だった。男性らしい。作業着のような服装で、帽子を被《かぶ》っている。ゴーグルをつけていた。ロボットが近づいて、顔面がアップになる。

「心肺停止を確認。救出します」

映像を見たかぎりでは、目立った外傷はなさそうだった。カメラが切り替わり、ロボットがその男性を抱え上げる場面が映った。

「こちらにもう一人いる。応援を要請」

「三番隊、二番隊へ合流せよ」

「三番隊、了解」

　会話が急に慌ただしくなった。カメラ映像は、画面が四分割され、その後九分割になった。その近辺で、五人が発見され、装甲車の後部まで搬出《はんしゅつ》された。いずれも、出血している様子はない。全員が死亡している。皮膚表面温度は気温とほぼ同じ。蘇生《そせい》が確実に可能な状態を時間的に過ぎていることが判明した。人間かウォーカロンかの判別は不能。

　救急車が地下へ送り込まれることになった。ゲート付近で待機していた三台が、中に入り、工場の駐車場へ向かい、装甲車の後ろまで達した。

　一方、交差点から左右に分かれた道路を進攻していた部隊には、待機指示が出され、工場内の捜索に勢力が向けられたようだ。

　救急車は、最初の五人を乗せて、すぐにその場を離れた。サイレンは鳴らしていない。ゲートから外に出たのち、街の病院へ運ばれるのだろう。

　その後も、同じ工場内でさらに三人が見つかり、別の救急車が二台、ゲートから地下へ入っていった。

　ロボット隊は、工場スペースの捜索を終了し、一旦駐車場へ戻って待機中。本部は、この駐車場まで、新たに何台かの車両を入れる指示を出した。そのうち二台は、ケーブルをもう一本入れる作業車だった。これには電源ケーブルも含まれる。ロボット部隊のエネルギィ補給に備えたものだろう。

急いで奥へ進攻するのではなく、まずはこの場所を拠点にして、基本的な態勢および装備を整える作戦である。

三十分後には、さらに別のロボット隊がゲートから入り、駐車場の手前から左へ行く道を奥へ進んだ。そちらの道は比較的短く、管理棟につながっている。部隊は目的地に達し、その映像が映し出された。十部屋くらいの施設で、居室はない。この工場を統轄《とうかつ》する中央管理室があったが、ほとんどの管理システムは停止していた。ロボットが三体発見されたものの、いずれも停止して十二時間以上が経過していた。管理棟では、人間もウォーカロンも発見されなかった。

これが判明したのが、ちょうど正午頃のことだった。事態は急速に動いている。だが、肝心の謎は解かれていない。

はたして、ここで何があったのか?

警察の先発隊やホワイトの部隊は、どこにいるのか?

それらは、奥の研究所あるいは、社員寮スペースのいずれかだろう。ほかに可能性は考えられない。トラブルが発生したのは、昨日未明のことであり、その時刻には、大勢の人間とウォーカロンが、社員寮にいたはずである。工場は二十四時間稼働しているが、多くの装置は無人で作動する。少数だけ残っていた当直が、倒れていた八人なのではないか、と推察される。

工場になにもなかったため、先発隊は右の道を進攻したのだろう。

最初の交差点から、約四百メートルのところに社員寮があり、さらに百メートル先に研究所がある。構造物の規模としては、両者はほぼ同じくらいの面積だ。

工場内は、部分的に電源が落ちていることが確認された。これは事故ではなく、意図的に切られたものだろう、とタナカが話した。

ウグイを通じ、僕とタナカの意見が聞きたいと警察の本部から呼び出しがかかった。ちょうど、サンドイッチを食べようとしていたところだったので、僕とタナカは、一切れだけを手に持ち、それを口に入れながら、トレーラを出た。

青空が広がった大地に、警察のほかに、軍隊のものらしき車両が集まっていた。

「不思議な状況ですね」タナカが言った。「午後から、いよいよ本格的に突入するつもりでしょうか?」

「そうですね。もしかして、人質は生きていない、という判断かもしれません。人質がいるというのは、勝手な想像だったのかな。まずは、社員寮の情報を得ないと、作戦も決められない。最初の情報が間違っていた可能性もあります」

「でも、なにもなかったのなら、さきに入った連中が戻ってくるでしょう」

「そうですよね」

そんな呑気《のんき》な会話をしながら警察のトレーラまで歩いていった。ウグイとキガタがすぐ後ろに、無言でついてきた。僕は一度彼女たちを振り返った。ウグイにきこうと思ったことがあったからだ。

しかし、言葉にするのをやめた。こうなることを予想して、僕たちを呼んだのか、ということだった。

たぶん、ウグイは予想していただろう。

僕は、自分がまだ何も知らないことを知っていた。それだけでも大したものだ、と自分に言い聞かせたかった。

誰よりも一番、今の事態を知っているのは、おそらく、この地下の施設を管理しているメインコンピュータだろう。今まで、その人工知能が話題になっていないことが、不思議と言えば不思議である。

第2章　通り抜ける　Getting through

十字路のわきにおき捨てられた街灯の、ブリキの笠のついた電灯を、蛾の群れがこつこつと羽でたたいていた。その下の、さびしい野原のまっただ中にぽつんと一軒だけ建っているガソリン・スタンドの中からも、同じような音が聞こえた。立棺のような電話ボックスの中で、蒼白な顔の二人の少年が、コウモリが星の光をかげらせて飛びすぎるたびに、たがいに抱きつきながら、夜の丘の向こうの、姿の見えない人々と話をしていた。

1

警察のバスの中にある現地本部まで歩いていく間、タナカは呟くように言った。

「ウォーカロン・メーカの工場が、このように部外者に撮影されたことは、これまでにないと思います。企業秘密の技術、装置、工程などが非常に多いからです。おそらく、警察に映像を絶対に外部に漏《も》らさないように、と依頼があったはずです」

「でも、情報局はそれをハックしてしまったわけですから」僕はそう言いながらウグイを見た。

「これくらいは、普通のことです。マスコミがここへ近づけなかった理由は、そういったことがあっては困るからだ、と認識しています」

「そうか、いろいろ勉強になるなぁ」僕は溜息をついた。

バスの中に入り、奥の部屋に僕たちは招き入れられた。相手は、昨夜と同じ。警視と事務官の二人が待っていた。ウグイも情報局の代表として一緒に入室した。

簡単な説明を受けたが、すべて知っていることだった。僕たちが警察のモニタを見ていることは内緒なので、知らない振りをして聞くしかなかった。工場と管理棟は制圧した、と警視は言った。残るは、奥にある社員寮と研究所であると。

病院へ搬送された八人は、イシカワの工場の従業員パスを持っていた。いずれもウォーカロンだと確認された。死因は、まだわかっていないが、外傷は見つかっていない。毒ガスなどの兵器が使われた形跡もない。内部に入ったロボットは、毒ガスを感知するセンサを備えているらしい。

「被害者の死亡原因がわからない以上、どんな防備をもってこのあと展開するのか、という点について、ドクタお二人のご意見をおききしたいと思います」事務官が言った。

昨夜よりは、二人とも余裕があるように見えた。内部の様子が一部でもわかったことは大きかったといえるだろう。

「中に入って、右へ行く経路が、奥の施設へ通じる道なのですが……」警視が説明した。「今は、そちらを装甲車二台でブロックし、ロボット隊も警備させています。さらに奥へ進むまえに、工場の駐車場まで作業車や各種装備を搬入《はんにゅう》し、態勢を整えるつもりです。一時頃までには、それが完了しますので、そのあと、装甲車とともに奥へ進めようと思っています」

「ネットワークは、物理的に破壊されていたのですか?」僕は尋ねた。「内部と通信ができないのは、ソフト的なものかハード的なものか、どちらでしょうか?」

「わかりません。いずれの可能性もあります」警視が答える。「少なくとも、我々が入った範囲では、そういった破壊箇所は発見されていません。武器を使った形跡さえありません。倒れていたウォーカロンたちは、いずれも無傷です。工場スペースは停電していますが、原因は不明です。もっとも、電源は奥から届いているのです。工場は入口に近いのですが、地上とのライフラインは、ほぼ中央に位置する社員寮の近くから入り、大元の変電設備もそこにあります」

「内部で電力は消費されていますか?」僕は質問した。

「されています」

「その詳細データをいただけますか」僕は警視に頼んだ。

彼は、部屋の外にいる部下を呼び、これを指示した。戻ってくると、椅子に腰掛けながら、僕に言った。

「生存者が多数いるものと考えています。社員寮や研究所への進攻は、慎重に行わなければなりません」

「ネットワークを新たにつなぐことが、解決を早めると思います」僕は言った。これは、デボラからの提案でもあった。

「危険ではありませんか？」警視はきいた。「トランスファなる破壊ソフトが内部で猛威を振るっている可能性があります。ネットワークをつなぐと、手前のエリアへ被害が及ぶ可能性があります。混乱が拡大しないでしょうか？」

「そのトランスファが、もし混乱を目的としているならば、ネットワークを遮断しなかったでしょう。遮断されたのは、内部のスーパ・コンピュータの防衛措置だったのではないかと思います。しかし、その措置は遅すぎた。だから、イシカワのウォーカロンがトランスファに支配される部隊と化した。同様に、それらが警察のロボット隊、ホワイトの部隊を排除した可能性があります」

「そうなのですか？」警視は身を乗り出した。「もしそうならば、彼ら、そのトランスファは、どうして出てこないのですか？」

「出る必要がないからです」僕は答える。「しばらく、内部の電子空間で態勢を整え、そのうちにネットワークを再開するでしょう。それで、すべてが終わりです。トランスファはどこかへ行ってしまう。それで、このトラブルは終わりになる。今の話は、トランスファがいた場合のことです」

「よくわかりませんが、もしそうだとしたら、最初から、突入などしないで、何もせずに待っていれば良かったのですか?」警視がきいた。感情が高ぶっているようにも見えた。あまり、怒らせない方が良いかもしれない。

「そうですね。抵抗勢力に対してはそのとおりです。ただ、内部に取り残されている生存者は、早く救出されたいと思っているはずです。たとえば、怪我人《けがにん》がいて、内部の病院の治療では間に合わないかもしれません。そういう人たちは、長く待っていられないはずです」

「そう、そのとおりです。おそらく、大勢が待っているはずです。午後には、もう少し前進できると思います。大きな抵抗がなければ、社員寮までは到達できるものと考えております」

「ネットワークをつないで、内部の様子を探る手は、いかがですか?」僕はもう一度主張してみた。「さきほどと同じように、ネットの通信ケーブルを引きながら、進むのです。先頭の装甲車に、無線ルータを積んで」

「ああ、そういう方法ですか……」警視は頷いた。「それくらいは簡単だと思いますが、それで、なにかメリットがありますか? 我々のロボットに悪影響は及びませんか? 敵のトランスファが増殖して、こちらを襲ってくるのではありませんか?」

「可能性がまったくないとはいえませんが、味方にもトランスファはいます」僕はそれを言いながら、ウグイを見た。彼女は僕を見つめている。そう、それを言ってほしかった、という顔に見えた。僕の勝手な解釈かもしれないけれど。

「なるほど、情報局には、その手の新兵器があるわけですね」警視は頷いた。「ちょっと、上に報告して、検討させていただきます」

話はここまでだった。僕たちはバスを降りて、再び自分たちのトレーラへ戻った。タナカは、なにも言わなかった。心配しているようだ。僕が言ったことを、無謀な作戦だと考えているのかもしれない。

しかし、デボラと僕の意見は、この作戦がおそらく最善だろうという点で一致していた。つまり、こういうことだ。

敵のトランスファは、地下のネットワークの遮断を自由に行うことができる。たとえば、現在は工場と管理棟のネットワークは切られている。こうなると、敵のトランスファも活動ができないが、こちらのトランスファ、つまりデボラも動けない。だからといって、この回線がつながったとしても、いつ切られるのかがわからない。それを握《にぎ》っているのは、敵のトランスファなのだ。

一方、ゲートから通信ケーブルを引き込み、無線ルータを移動させながら進軍すれば、このネットワークは、デボラの自由になる。そうなるように、設定をしておくことができる。これは、こちら側の地の利となる。そして、その状態を維持《いじ》しながら、奥へ向かえば、そこでは互角の戦力として戦うことができるだろう。

先発隊が成功しなかったのは、トランスファにコントロールを奪われたからだ。これが、デボラやアミラ、そしてオーロラの演算が一致する観測結果だった。

オーロラは、イシカワに潜入したトランスファは、ロシアのものだ、と主張している。それらしい形跡が認められるそうだ。過去一カ月ほどの周辺のルータの履歴データを分析した結果、特徴のある足跡が見つかった、とのことである。もっと詳しい説明も届いているが、僕には理解できない。デボラは、確率が高い、と評価した。

オーロラは、政府関係の回路を通じて、ペガサスとやり取りをしているらしい。警察の本部のトップはペガサスのようだ、とオーロラはデボラに語ったという。それがもし本当ならば、僕の提案、つまりデボラの提案は通るだろう。

僕はそう考えながら歩いていたが、ウグイが近くへ来て、小声で「ありがとうございます」と囁いた。やはり、これが彼女が僕にしてほしかったことだったのだ、とわかった。そもそも、デボラがウグイにそう仕向けたのだろう。ペガサスとオーロラがバックにいる、ということからも充分に考えられる。

いちおう、ここには人間が沢山集まっているが、実際には、人工知能の駒にすぎないのかもしれないな、と僕は思った。

2

情報局からコンテナが届き、スタッフも一人来た。プラスティックのコンテナは、五十センチくらいの大きさだった。開けてみると、ゴーグル型端末が四つと、小型コンピュータが入っていた。モロビシが、本部に依頼して送らせたものらしい。彼とスタッフが、それを取り出して、ケーブルをつなぎ、セット作業を始めた。それをウグイが見ている。

僕は、ウグイを近くへ呼んで、耳打ちした。

「モロビシさんは、ああいう細かいことは向かないように見えるけれど」

ウグイは無言で首を振った。呆《あき》れた顔に見える。デボラに事情が聞きたい、と願って溜息をつくと、すぐに声が聞こえてきた。

「モロビシの専門は、コンピュータ技術です。あれが、彼の専門です」デボラが言った。

これには少々驚いた。てっきり戦闘要員だと理解していたのだ。なにしろ、体格もそうだし、それに、たしか南極では、アネバネと二人でロボットを排除した戦歴がある。

「南極のことを思い出されているのですか?」デボラがきいた。僕が無言で小さく頷くと、彼女は続ける。「あのときは、しかたなくそうなっただけです。キガタが敵のトランスファにコントロールされ、非常事態だったからです。そもそも、エジプトや南極へモロビシを同行させたのは、コンピュータ技師としてのスキルを見込んでのことです。今回の任務もそうです」

「そうだったのか……」思わず、僕は呟いてしまった。何人かが僕の顔を見たが、モロビシは自分の作業に没頭したままだった。人は見かけではわからないものだな、と自戒する。

「内部へネットを引き込む作戦が、政府に認められました」デボラが報告した。「まもなくこちらへ指示が到着します」

「ハッキングして、モニタを覗き見しなくても良くなったわけだ」僕は言った。

「はい、そのための準備をしています」モロビシがこちらを向いて言った。

「情報局の新装備で、ホーネットといいます」ウグイが言った。「小型のドローンを地下の現場で飛ばして、こちらでそれを見ることができます」

モロビシが、小さなものを箱から取り出して、見せてくれた。四センチほどのサイズのドローンだった。

「なんだ、蜂の形をしているのかと思ったのに」僕は言った。

「凄いですね。バッテリィは、どれくらいもつんですか?」タナカがきいた。

「充電なしで一時間です」モロビシが答える。「装甲車に取り付けたルータからは、充電用の電磁波も出します。そこへ近づけば、飛びながらでも充電ができます」

室内の準備ができたところで、モロビシとスタッフは箱を抱えて、外へ出ていった。警察の次の部隊に、その新装備を取り付けるためだろう。

「先生方と、モロビシ、私の四人で、ホーネットを飛ばします」ウグイが言った。「キガタとアネバネにも、私の映像は見えるようにします。あの二人は、外で警備を続けてもらいます。次の進攻で、どこまで入れるかわかりませんが、警察のカメラよりは、対象に近づけるはずです」

「えっと、どうやってコントロールするんです?」タナカが尋ねた。彼は、ゴーグルの一つを手に取っていた。

「いいえ、ホーネットは、自動的に飛びます。障害物を避けます。見たい方へ進むだけです。戻りたかったら、目を逸《そ》らせば、転回します」

「でも、簡単に叩かれたりしそうだね」僕は言った。「壊しても、怒られない?」

「はい」ウグイは頷いてから、溜息をついた。

僕とタナカは、サンドイッチの残りを食べた。ウグイが、コーヒーを淹れ直してくれた。十五分ほどして、モロビシだけが戻ってきて、また端末の前に座った。なにか、設定をしているような画面だったが、忙しく指が動いているので、声がかけにくい。

「はい、わかりました」ウグイが壁際で頷いた。顳顬《こめかみ》に指を当てているので、どこかから連絡があったのだろう。「まもなく、警察の部隊が中に入ります。装甲車をさらに二台。ロボットの兵隊も増員して、全部で百体だそうです」

「大規模ですね」タナカが言った。「今回に勝負をかけるといったところでしょう」

午後一時十分まえだった。

「デボラ、態勢は整っている?」ウグイがきいた。

「はい」デボラが答える。「アミラとオーロラの協力により、こちらの装備は万全です。各種の事態をシミュレートし、それに備えたコードも用意しました。敵のトランスファを制圧する可能性は八十五パーセント。問題は、内部の人々の生命の確保です。これに関しては、私たちは物理的な行動が取れません。そういったものを利用した戦術を相手が取る可能性が考えられます。ただ、ホワイトの部隊は、内部のウォーカロンの損失をある程度想定していました。その基準に従って良いのであれば、勝算はさらに高くなります」

「損失の程度によるね」僕は言った。「ウォーカロンだけではなく人間もいる。従業員の家族もいる」

「ペガサスの観測では、それらの生命のほとんどは、既に失われている、とのことです」

デボラのこの言葉を聞いていたのは、僕とウグイだった。タナカは、チップを入れていないので聞くことができない。モロビシは聞くことができるが、デボラが音声を彼には送らなかっただろう。ウグイは、僕を睨むようにして黙っていた。

「その観測の根拠は？」僕は小声でデボラにきいた。これは言葉になったから、タナカにも聞こえたはずだが、内容はわからないだろう。

「我々が入手できないデータが根拠のようです」

我々とは、デボラ、アミラ、そして、オーロラだろうか。ペガサスは、日本の中枢にあって、オフラインの人工知能である。政府内に限られた情報があるのかもしれない。だが、ペガサスは以前に、妄想を抱いたことがあって、一部から非難された。あまりに賢くなりすぎて、思い悩むことがあるのかもしれない。そんな被害妄想あるいは悲観的観測であれば良いのだが、と僕は思った。

「OKです」モロビシが振り返って僕たちに言った。「ゴーグルを付けて下さい」

既にそれを持っていた。メガネのようにそれを装着する。

映像が見えた。

トンネルを進む場面だった。どこのトンネルだろう。揺れている。画像の端に動かない壁のようなものがあったが、それが装甲車の一部のようだ。つまり、ホーネットは、装甲車上のどこかにとまっているのだ。無駄なエネルギィを使わないようにしているのだろう。

広い駐車場が見えてきた。

進行速度は、比較的ゆっくりだった。前方は、ところどころに照明が灯っていて、そこが白い円形に見える。それ以外は、ブルーに沈んだ色調だった。右へ曲がった。そこに道路が現れた。左へ緩やかにカーブしているトンネルである。右側はコンクリートの壁、左側はコンクリートの柱が立ち並んでいる。その柱のむこうが、さきほどの駐車場になる。

トンネル内のライトは天井の右端にあった。センタラインと同じように、長い白い明かりが間隔を置いてゆっくり流れていく。

緩やかなカーブが終わり、真っ直ぐになった。下り坂になっているように見えるが、これはレンズのせいかもしれない。地表からの距離としては深くなるが、実際には、高度はほぼ水平のままである。事前にそう聞いていた。

しばらく進むと前方に車両らしきものが見えてきた。二両が並んでいて、両方の車線を塞《ふさ》いでいる。先発の六輪装甲車のようだ。ロボット隊が、その手前で整列していた。

3

こちらの到着を確認し、ロボット隊が後ろへ回り、四台の装甲車を先頭にして進む隊列となった。僕たちは、前の装甲車に移動した。これは、さきほど工場へ行き着き、映像を送ってきた装甲車である。

「デボラ、どこにいる？」僕は尋ねた。

「その質問は意味がありません」デボラが答える。「私の大部分は、モロビシのコンピュータの中にいますが、装甲車のセンサ、および操縦系も私の身近です。ホーネットをコントロールすることもできます。私自体が、いつもより十倍以上多機能となっています」

「デボラが何人もいるみたいな感じ？」

「そのとおりです。もっと大勢になることも可能ですが、撤退のときに時間がかかります。現在であれば、約〇・三ミリ秒で撤退できます」

「ケーブルが切断されても逃げ出せるわけだね」

「そうです。銃器でケーブルが切断された場合も、充分な時間があります」

「最新の観測は？」

「まだ、この近辺には、なにもありません。道路の通行のために設置されたセンサ類がありますが、現在すべてが停止しているようです。工場へのネットワークは切られていましたので、ここも同じ系列と思われます」

「どうして、工場のネットを切ったんだろう？」

「おそらく、そこから侵入されるのを防ぐためと思われます。これからの相手の動きで、状況が判明するはずです」

「あ、タナカさんに、これは聞こえている？」

「聞こえていますよ」タナカの声がした。

思わずそちらを見ようと横を向いたが、トンネルの中でホーネットが向きを変え、近くにいる二匹のホーネットにピントが合った。もう一匹は見えない。二匹が、ウグイかタナカかモロビシかはわからない。こんなことなら、ホーネットの色を変えておけば良かったのだ。今度意見を求められたら提案しよう、と心に刻んだ。

「オーロラから連絡が入りました」デボラが言った。「エア・アフリカンの機体らしきものが発見されました。この情報は一般公開されていませんので、安全のため、映像などは出せません。成層圏外で、日本のスペースステーションの近くだそうです」

「へえ、それじゃあ、だいぶ高いところまで上がったんだ」

「速度を計算すると、ロケットエンジンで加速し続けていたことになり、現在は燃料がゼロに近い状態だと思われます」声が変わった。オーロラの声だった。「以上です」

「乗客は?」ウグイが尋ねた。

「確認されていません。生存の確率は非常に低いといわざるをえません」オーロラが答える。

飛行機のトラブルで、地球から離れた軌道を飛ぶことは考えられない。なんらかの追加の推進システムを装備しなければ、ステーションの高度に達することは不可能だ。それくらいは、素人の僕でもわかる。

あるいは、なんらかの飛行体が旅客機にドッキングし、連れ去ったのかもしれない。その場合も、大掛かりな方法あるいは装置が必要となる。いったい何が目的だろうか。ステーションに乗組員が移ったのだろうか。しかし飛行機の乗客は、ステーションに入るには多すぎる。

そんな想像をしているうちにも、ホーネットを乗せた装甲車はどんどん道路を進んでいった。前方には、トンネルの中の道路のセンタラインと、天井の照明しか見えなかった。誰もいないし、クルマなどの車両も映らない。

警察のロボット隊、ホワイトのウォーカロン部隊も、この道を通ったはずだ。どこへ行ってしまったのだろうか。

「ネットワークのケーブルは?」僕は少し気になった。

「ケーブル設営作業は順調です」デボラが答えた。「既に、三百メートル以上になりました。通信環境には問題はありません」

「どこかで、敵が待伏せしている可能性は?」僕は尋ねた。心配でしかたがない。

「六十五パーセント」デボラが答えた。「しかし、危険はありません」

僕たちを安心させるために、そう言ったのだろう。警察は、まだ人間を、ウォーカロンも含めて、一人も地下施設内へ派遣していない。ロボットだけだ。装甲車は無人だし、僕たちだって、ただホーネットで通信しているだけなのである。

そうしてみると、ホワイトのウォーカロン部隊は、特別だったといえる。サイズが大きいから、ロボット以上にメカニカルな兵器に見えたが、あれは、生きた脳細胞や神経細胞が乗っている正真正銘の生き物なのである。四十七人も入っていったきりだ。万が一のことがあった場合、大きな損害といえるだろう。そして、それ以上に心配なのは、もともとこの地下にいた千五百人もの人たちである。

武装グループがいるとしたら、社員寮の中にいる可能性が高い。まずは、そちらへ向かうことになるのだろう。

真っ直ぐの道路の先に、分かれ道が見えてきた。標識が近づいてきたので、それを見た。真っ直ぐ行くと研究所、左へ入ると社員施設とある。病院や学校などが含まれているのだろう。

「研究所は、この先、たぶん百メートルくらいではないでしょうか」タナカが言った。

装甲車は交差点に入る直前で停車した。左へカメラを向けると、奥へ入ったところに広場のようなスペースが見えた。ロータリィになっているようだ。また、前方は僅かに左へカーブしているため、先までは見通せない。

装甲車は再びゆっくり前進し、交差点を少し過ぎた地点で停車した。直進した位置である。

後方を見ようと、視線を横へ向けると、ホーネットが向きを変えた。後ろについてきた装甲車は、もう一方の道へ入っていくところだった。後方を見ているので、右手になる。社員施設へ向かったのだ。

「なるほど、ここで、まずは陣を構えるわけだね」僕は呟いた。「ロボット隊はどちらへ行くのだろう？」

「社員施設の方だと思います」ウグイが答えた。

「では、あちらへ見にいこう」僕は言った。

「私だけ、ここに残ります」そう言ったのは、モロビシだった。「この端末で、本部ともやり取りをしていますし、研究所の方から、攻撃があるかもしれませんので」

僕は、社員施設の方へ移動する。もちろん、ドローンのホーネットが飛行して移動している。画像が多少ふわふわと揺れるので、ゴーグルをしていても、自分が揺れているように感じる。酔いそうな予感もする。小さな音がして、再び、装甲車の上に着陸した。飛んでいるときよりも、映像が安定する。

ロータリィはさほど広くはない。左に別のトンネルがあり、駐車場入口との標識がある。正面より右に、施設の入口が二つ見えた。いずれも大きなガラスのドアだった。案内板がその入口の近くに表示されていたが、まだ遠くて読むことはできない。

周辺には誰もいない。しかし、施設内の照明は灯っているのが、ドア越しに見える。その中にも、動くものは見当たらない。

「静かですね」タナカが言った。彼も近くを飛んでいるようだ。

ロボット隊が、入口付近へ少人数ずつ移動していた。

工場の駐車場に比べて、ここは装甲車が動き回るには少し狭い。一台は正面右の入口の前に、もう一台は駐車場への分岐点を遮《さえぎ》るように停車している。いずれも、攻撃を受けた場合にシールドとなるような配置といえる。ロボット隊は、駐車場の奥へ一部が入っていった。建物の方は、二つの入口の中へ、数体が既に入ったようだ。

異常はない。中にいるロボットからその信号があったため、続けて十体ほどのグループが突入していった。

「人が倒れている」との報告が入った。

「見にいきます」ウグイが言った。

玄関のドアは開け放たれている。二つあるうち右のドアから入った。ロボットが十メートルほど奥に集まっている。またドアがあって、その先へはいけない。右にエレベータがある。

その受付の中だった。受付のような窓が手前にあった。

男性の職員だろうか、緑色の制服を着ている。床に倒れて動かない。

「こちらにも人がいる」通路の反対側に窪《くぼ》んだ部分があり、奥が階段のようだった。

僕はそちらへ見にいった。

薄暗い空間だった。階段の踊り場に人が倒れている。こちらは普通の服装で、すぐ横に荷物なのか、箱が落ちていた。俯《うつぶ》せに倒れているため、顔は見えない。

ロボットがこの二人の様子を確認した。心肺停止。外傷はない。

「どうしたんだろう？」僕は呟いた。

「毒ガスではないでしょうか」ウグイの声が聞こえる。

今のところ、その種の反応はないそうだ。あれば、ロボットが感知する。

「このエリアも、ネットワークは稼働していません」デボラが報告した。

トランスファはいないということだ。工場と同じ状況といえる。おそらく、内部のトランスファが、ネットワークを切断したのだろう。

「となると、やはり、一番奥の研究所に集結しているのかな」僕は呟いた。

救急車を呼ぶことになった。被害者が二名見つかったからだ。もっと大勢いるのではないか。

「内部まで見にいっても良いかな？」僕はウグイに尋ねた。

「装甲車から離れると、無線が届かなくなる可能性があります。近くにいて下さい」ウグイが応える。

「具体的に、どれくらい？」

「三十メートルくらいは大丈夫です」モロビシの声だった。

「そちら、異常は?」僕は尋ねる。

「なにもありません」モロビシが答えた。トンネルにいるはずだ。「研究所の方へ進むのは、もう少しあとになりそうですね」

「たぶん、ここを捜索して、社員を救出する方が優先されると思う」僕は言った。

施設の中へ、ロボットたちが入っていく。どこからも攻撃されることはなかった。倒れている人がつぎつぎと発見され、その報告が続いたが、いずれも心肺停止状態、目立った外傷はない、というものだった。生きている者は見つからない。

本部から指示があり、その場で一旦は救出作業に全力を挙げること、すなわち、研究所へ進攻しないことになった。

救急車数台と、増員のロボットがその場へ送られることになった。これらのロボットは戦闘用のものではない。どうやら、消防庁からの応援部隊のようだった。実際にそれらのロボットが入ってきたとき、ウグイがそれを指摘した。警察のロボットと消防のロボットは、型式が違い、それぞれに装備が異なる、と彼女は言う。僕には、その差はよくわからなかった。

社員寮の手前に、共同の施設があった。病院や学校、あるいは商店などである。いずれも、施錠された状態だったが、ロボットがそれを壊して中に入った。内部は、ほぼ無人だった。病院には、ベッドに患者がいたし、また当直の職員らしき者もいた。彼らは、いずれも死亡していた。数は四十人以上。その後、個人宅が集合しているエリアに入ったが、そちらは僕は見にいっていない。あまりに死人が多く、とても見にいく気になれなかった。短時間のうちに、百数十人が発見された。それでもまだ、全域を調べていない。

救急車では間に合わなくなり、警察はついに人間の警官を地下へ送り込む決断をした。普通車両で運び出すことが検討されたからだ。このとき、安全な環境であるかを確認するため、施設内の数箇所の空気の精密分析が実施された。ロボットに搭載されているセンサは、有害なガスに反応するものだったが、その対象は、化学兵器であり、主に固体微粒子に限られる。

気体の精密分析を行うために、サンプルが回収され、それがゲートの外へ運ばれた。

4

突入から一時間が経過した頃、僕たちは、ホーネットを充電させるために、装甲車に戻っていた。つまり、社員施設の入口前のロータリィにいた。

少々疲れたので、僕はゴーグルを外した。ウグイがコーヒーを淹れてくれる。タナカも、カップを手に取り、大きく深呼吸をした。

「あれは、一酸化炭素中毒ではないでしょうか」タナカが言った。

「私もそう思いました」僕は頷いた。「でも、施設全体でそんな事態になりますか？　地下施設ならば、センサが作動するはずです」

「そうです。しかし、そういった管理をするコンピュータが止まっていたら……」

「その種のものは、何重にもバックアップするシステムが構築されていますよね。単なる故障ではない。ちょっとありえない」

「センサが感知しないような、新しいタイプの毒ガスという可能性はありませんか？」ウグイがきいた。

　モロビシは、端末の前に座っていて、まだゴーグルを付けたままだった。キガタも同じ部屋にいて、ドアの近くに立っていた。いつ戻ってきたのか、僕は気がつかなかった。アネバネの姿はない。まだ外にいるのだろう。

「あるいは、単に換気ファンが止まって、酸素不足になったとか」僕は思いついたことを言った。「センサが作動していなかったとしたら、そういう事態も考えられますね。夜の間に起こったら、大勢は眠っていたはずですから……。しかも、通信もできなかったし、移動もできなかった。ドアも開かない。そういった条件が重なれば、今のあの状態になる可能性もありますね」

「トランスファが、どうしてそんなことをしたのでしょうか？」タナカは言った。

「社員施設内では、トランスファの痕跡は発見されていません」デボラの声がした。いつもと声が違う。どこから聞こえるのかと振り返ると、キガタがしゃべっている。彼女の声帯をデボラが使っているのだ。「活動および存在を隠蔽《いんぺい》する処理をした可能性が五十パーセント。より詳細な分析を現在行っています。また、施設内で、暴力的な行為が行われた痕跡は発見できませんでした。ロボットが見たすべての映像を確認しました。死者のうち、軽微な出血がある者が数名いましたが、倒れたときの怪我だと思われます。大きな外傷は認められません」

「生存者は？」

「現在は不明です。心肺停止であっても、蘇生される個体があるものと推定されます」デボラは答える。「この推測は、個々の状態の観察からではなく、単に確率的な演算結果です」

「研究所に、武装したグループがいることは、たぶんまちがいない」僕は言った。「その実体は、もともと工場内にいたウォーカロンだと思う。トランスファにコントロールされているはずだ。奥に集結している理由として考えられることは？」

「演算中です。その作戦の目的として妥当なケースは、確率が低いものしかありません」キガタを使ってデボラが答えた。このような場合、キガタ自身も、夢の中のようにこの会話を聞いているはずだ。

「研究所は、奥へ通じる道がない。非常用としては、通気口の階段くらいしかないと思います」タナカが言った。「脱出が目的とは思えません」

「その脱出経路には既に警察が待機しています」デボラは答える。

「研究所ならば使える圧倒的に有利な武器があるとか」僕は言った。

「私も、そうだと思います」ウグイが言った。

「たとえば?」僕はウグイにきいた。

「いいえ、具体的には思いつきません」ウグイは首をふる。彼女はタナカを見て質問した。「研究所は、その方面の技術を開発していませんか?」

「日本の研究所では、おそらく手がけていないと思います。ソフト的なものに限られます。物理的な兵器は、この国に馴染まない。もちろん、極秘に進められている可能性がないわけではありませんが……。あくまでも、ウォーカロンに関連する技術だと私は思います」

「私が想像しているのは、電子的な兵器です」僕は発言する。「トランスファのような存在です。研究所には、メインのコンピュータがあるはずです。それに、ネットワーク的にも、進んだシステムが設置されているかもしれない。その環境が、彼らにとって圧倒的に有利だから、今まで手を出さず、奥へ入り込んでくるのを待ったのではないでしょうか。おそらく、警察の先発隊は、そちらへ誘《おび》き寄《よ》せられた。それから、ホワイトの部隊は、最初から敵の主力が研究所にいることを知っていた。そんなふうに想像します」

「今の先生のお話は、警察に伝えて良いですか？」ウグイが言った。
「一つの考え方としてなら」僕は答える。「ただ、根拠のない想像だから」
「わかりました」ウグイは頷くと、顳顬に指を当てながら立ち上がり、トレーラから外へ出ていった。

僕とタナカは、エア・アフリカンの旅客機が、スペースステーションの近くで発見された件について話し合った。技術的に考えて、ブースタロケット以上のパワーが必要で、そういった装備を、空港から飛び立つときから備えていたとは考えにくい、という点については意見が一致した。飛行機は、プライベートなチャータ機だったそうだが、それでも大掛かりな装備になり、航空会社が把握していないことはありえないだろう。

この事件に関しては、日本の警察はどれくらい情報を得ているのか。そもそも、どこが主体的に捜査を行っているのかよくわからない。

デボラが集めた情報によれば、乗客のうち少なくとも二十四人が、イシカワの社員か、そのパートナであることが判明しているらしいが、個人名は公表されていない。日本人の乗客が多数いることを日本政府は把握しているため、航空会社と世界政府に対して情報提供を求めている、という段階までしかニュースになっていないようだった。しかし、日本人の比率がこれほど高いことは、少なくとも日本国内では報じられていない。

「知合いにメールを送って、確認をしてもらったのですが、社内でもまだ発表などはないそうです」タナカは言った。「こちらの工場のこともあって、関係者の情報は錯綜《さくそう》しています。未だ、重役による発表がありません。誰が発表するかで揉めているのでしょうね。イシカワが潰れるという怪文書も出回っているとか」

「社長と副社長がいなくなって、国内最大の工場は閉鎖、従業員が大勢亡くなっているわけですから、メーカとしては危機的状況であることは確かです」

「ここだけの話ですが、以前から、経営的に芳《かんば》しくない、危ないのではないか、という話はあったんですよ。ウィザードリィか、あるいはフスの傘下に入るという噂です。実際、資金提供を受けているし、研究部門では、両社との共同のプロジェクトが多く存在します」

フスというのは、中国のウォーカロン・メーカである。アメリカか中国かということらしい。

「タナカさんは、どちらだと思います?」

「たぶん、フスでしょうね。資本力からいって。でも、今日やってきたホワイトの部隊、あれは、ウィザードリィから来たものです。そのあたりが、ちょっと、おやっと思いました」

「なるほど、いろいろ難しいんですね」僕は頷いた。「それにしても、なんか、最悪の事態になりつつある感じです。一酸化炭素中毒が、もし事故だったら、賠償問題になるから、余計に大変です」

「それはありえない」タナカが首をふった。「いえ、ありえないというよりも、あってはならないケースです。やはり、トランスファによる攻撃だと思いますよ。それを仕掛けたのが、どこなのかはさっぱりわかりませんが……」

「実際、外部から攻撃を受けたことを証明しないと、責任問題になりますね」僕は言った。

ウグイが戻ってきた。

「搬出された死者が二百五十人になりました」ウグイが言った。「いえ、死者というのは、正式な言い方ではありませんが」

「わかりやすくて良い」僕は言う。「警察は、どうするつもりかな、奥の研究所へ攻め込むって?」

「それは、ええ、そうだと思いますが、社員の救出が優先されます。まだ、目処《めど》は立っていません」ウグイは答えた。「情報局に応援を依頼しました。これから、人手が必要になる可能性があります。範囲が広いので、内部の調査にも人員が必要です」

「病院が、最初の記者会見を行います」デボラが言った。

工場から運び出された最初の五人についての診断結果のようだ。記者会見に先立って、警察に結果が知らされてきた。五人の死亡が正式に確認された。いずれも、イシカワの社員であり、遺体の処理はイシカワに引き継がれる。臓器の活用など、今後のことは公開されない。

五人の死因は、窒息死と断定された。固体微粒子毒物の反応はいずれも陰性であり、化学兵器が使用された形跡は認められない。頸部《けいぶ》には、圧迫されたあとはなく、窒息は物理的な要因ではなく、純粋に酸素の欠乏に起因するものと推定される。死亡の時刻は、二十時間まえから三十時間まえであり、五人ともほぼ同じ結果だった。

工場内で死亡した者のうち一人は、端末を所持していた。そのメモリィおよび履歴も調査されたが、外部からの操作でリセットされていることがわかった。内容としては、なにも残っていない。

「誰が、リセットしたのかな」僕は呟いた。

「トランスファか、あるいはメインコンピュータのいずれかです」デボラが答える。今はキガタが話しているのではない。声はモロビシの前にある端末から出ていた。この場合は、声はカンマパの音質に近い。「その指示を出したのが誰か、という疑問であれば、現在は不明で、お答えできません。研究所のネットワークに入ることができれば、履歴を調べることが可能です」

おそらく、その後に見つかって病院へ運ばれた人々も、同じなのではないか。二百五十人が窒息死したのであれば、大惨事といえる。

「身許《みもと》は、すぐにわかるのかな」僕はきいた。

「イシカワの社員であれば、すぐにわかります。チップを常備しているからです」デボラが応える。「部外者がいた場合、受付の登録データから判明するはずですが、現在はアクセスできません。人間かウォーカロンかも、イシカワの社員であれば、身許から判明するものと思います」

「七割以上が、ウォーカロンだと思います」タナカが言った。「人間の場合、研究職や管理職に比率が高いはずです。家族がいるのも人間です。家族であっても、身分証チップを身に着けているはずですから、判別は簡単です」

「生存者がいるという知らせは、まだない？」僕はウグイにきいた。

「ありません」ウグイは答える。

ドアのところに立っているキガタを、僕は見た。彼女と目が合ったように思ったのだが、視線を動かさない。デボラがコントロールしているのか、と最初は思った。しかし、そうでもなさそうだ。口を結んでいて、いつもと変わらない表情ではあったけれど、目に精彩がない。疲れているのかもしれない。

「キガタ、どうかした？」僕ではなく、それをきいたのはウグイだった。

「いいえ」キガタは首をふる。「すみません。考え事をしていました」

「何を考えていた？」僕は質問した。興味があったからだ。

「はい……」キガタは一度小さく頷いた。「以前のことを思い出していただけです」

「思い出していた？　何を？」

「学校のことなどです」キガタは答え、顔を上げて、僕を見た。

「もしかして、君は、ここにいたことがある？」タナカが尋ねた。

キガタは、ウォーカロンだ。日本製であるから、つまりイシカワで作られたウォーカロンである。今まで、気づかなかった。

「ああ、そうか……」僕は、思わず声を出してしまった。「どうして、今までそれを言わなかった？」

「はい、実は、私もここへ来たときは気づきませんでした。私は、この工場の中で生まれたのですが、外に出るようなことがありませんでしたので、周辺の風景を見たことは一度もなかったのです。学校を卒業したあと、北海道《ほっかいどう》の研修施設に移りました。そのときは、ここからバスに乗って空港まで行きましたが、雨が降る夜のことでした。やはり風景を遠くまでは見ることができなかったのです」キガタは、そこで眉を寄せた。

彼女の目から涙がこぼれ、頬《ほお》を伝っていった。

僕はその奇跡的なものを見た。

でも、黙っていた。ウォーカロンだって、涙を流すことはあるのだ。

これは自然なことだ。指摘するほどのことではない。

彼女は、自分の感情をコントロールしている。それは、人間と変わりない。インストールによって移植されたモラルであれ、人工的に与えられたインテリジェンスであれ、その器は有機体の頭脳なのだ。

彼女は、機械ではない。生きているのだ。

「それで？」ウグイが促《うなが》した。

「はい……」キガタは小さく深呼吸して、一度唇《くちびる》を嚙《か》んだ。涙は、もう止まっている。

「さきほど、そのモニタの映像を見て、気づきました。学校の通路や、それからお店が映っていました。私の知っているものだったのです。それで、やっと、ここが私が生まれた場所だと知ったのです。デボラにきいたら、私の判断は妥当だと言いました。デボラは、最初から知っていたのに、教えてくれなかったのです。でも、自分で気づいた方が、嬉《うれ》しく感じられたと思います」

「嬉しい？」僕はきいた。

「はい。すみません。意味のない感情でした」

「いや、意味がないなんてことはない」

「外のパトロールをしてきます」キガタはそう言うと、一礼して、外へ出ていった。

5

被害者の救出作業は、順調に進んだ。警察の車両が列車のように数珠《じゅず》つなぎになり、心肺停止の者を外へ運び出した。そこからは、救急車が近隣の病院へ搬送する。この地方の病院では、キャパシティをたちまち超えてしまい、体育館などの公共施設が臨時で診療所となったらしい。生存者はいなかったが、蘇生の可能性がある者が優先された。二十四時間以上経過しているので、その確率は低い。デボラが予測したとおりだった。

一方、警察は次の作戦を立てた。情報局の本部にこの概要の連絡があり、暗号による機密通信でウグイに伝えられた。夕方までに突入するのかどうか、という判断を警察上層部は迷っている。その議論が、政府関係者も含めて行われているという。指令があった場合に備えて、現場では突入の準備をしていた。

装甲車をさらに増やして、合計六台とする。いずれも無人であるが、これを三台横に並べて道路を進む。これまでよりも盾として充分に機能するだろう、との目論見《もくろみ》である。そのすぐ後ろにも三台の装甲車。こちらは、設備関係のものを運ぶことが目的で、ネットケーブルを二本に増設することが決まった。既に、社員寮前までは、一本が達している。装甲車の後ろには、百体のロボット部隊が続き、その後に、機動隊の車両、そして人間の部隊が続く。人間の部隊のうち三分の一は、技師であり、その補助、援護をするのが残りの三分の二だと説明があった。

研究所に近づき、ネットワークを切断し、研究所内の電源を落とす、という任務が与えられた。敵のウォーカロン部隊は、メインコンピュータを中心としたローカルネットワーク上に展開するトランスファにコントロールされている、という想定が元となっている作戦だった。

このイシカワの施設全体への送電は、地下の専用トンネルを経由しているものだが、さらに上流で遮断することも可能だった。電力会社は、警察からの連絡があれば、すぐにその操作ができるように控えている。これまでは、全域を停電させることは病院や住宅、あるいはウォーカロン生産の現場で重大な事故が発生しかねないため行われなかったが、死者が多数発見され、その種の危惧《きぐ》よりも、現状の打開が優先との判断である。警官隊に攻撃があった場合に限り、電源の遮断が実行できることとなった。

しかし、電源については、メインコンピュータなどは一時間ほどは稼働できるバックアップのバッテリィを備えているので、爆破や電源遮断が、即座に効果をもたらすとは思えない。また、人工知能は、おそらく電源遮断に対してなんらかの方策を立てているはずだ、という予測もある。

警察は、あらゆるシミュレーションをした。これらの作戦によって、一気に研究所を制圧する手筈《てはず》である。敵は、重火器による抵抗を示す可能性も高く、抵抗がある程度以上あった場合には、研究所に向けてミサイルを撃ち込むことも許可が下りていた。この場合、構造物の小破は避けられない。地下構造物の強度についても、数値解析によるシミュレーションが実施された。

さらに、工場、社員施設、研究所のそれぞれから上に延び、地上まで達している換気口にも、警察の部隊が集結していた。内部と連絡を取り、いざとなれば階段を下って突入できる態勢を整えている。もちろん、この経路から脱出する者を確保するのが本来の目的であり、今回の事件の初期段階から、それに必要な戦力が配備されていた。ただ、エレベータはなく、また階段は狭いため、ロボットか人間が一人ずつしか通れず、大部隊の移動には適さない。

具体的に、敵はどれほどの人数なのかわからない。最大で二百人ほどのウォーカロンが武器を持って抵抗するだろう、と警察は予測していた。

また、さきに入ったホワイトのウォーカロンが、トランスファによって乗っ取られている可能性がある。これも想定されていた。その点、警察のロボット隊が乗っ取られていたとしても、大きな脅威にはならないはずだ、との計算結果が出ている。ウグイは、これらを淡々と文章を読み上げるように説明した。

夕方から突入があるだろう、というのが大方の予想だったが、日が暮れて、暗くなっても警察は動かなかった。

僕たちは、トレーラの中にいて、またサンドイッチを食べた。ランチと同じメニューだ。食事については、僕はなんとも思わないし、タナカも文句は一言もいわなかった。ただ、待ち時間というものがじれったい。早く動いてほしい、という気持ちが、誰にもあっただろう。可能性については、おおかた話し尽くしていて、溜息ばかりが聞こえていた。

情報局員は、今はアネバネとキガタが外にいて、室内は、ウグイとモロビシの二人だ。モロビシはモニタの前に座っているが、ウグイは壁にもたれた姿勢で立っていた。

ホーネットのゴーグルをときどき装着して、現場の映像を見たけれど、動かない装甲車から見えるのは、道路だけ、トンネルだけである。研究所までは百メートル程度だから、ホーネットを飛ばして見にいきたくなる距離ではあるが、信号が届かなくなる可能性が高いし、警察よりも前に出ることは、基本的に許可されていない。

ジェット機のエンジン音が聞こえた。ウグイがドアを開けて出ていった。窓から外を覗くと、草原にジェット機が垂直に着陸するところだった。角度的に草で地面が見えないので気づかなかったが、ヘリポートがあるようだ。昨日の夜は、自分たちもあそこに着陸したのだな、とわかった。

男女二人ずつが降りてきたようだ。ジェット機はすぐに飛び立った。ウグイが彼らを連れて、こちらへ上がってくる。この部屋に来るのだと思っていたが、どうもそうではない。恐らく、警察と一緒に、内部に入る要員なのだろう。いうまでもなく、情報局からの増員で、コンピュータ関係の専門家にちがいない。

「社員寮の調査をしているロボットが、設備関係の異常を発見しました」デボラが言った。その声は、モロビシの端末からだった。「映像をモニタに表示します」

モロビシのモニタに、新しいウィンドウが現れた。機械室のような部屋の中だ。

「酸素が不足した原因を調べていたチームです。居住スペースへの送風が途絶えていたわけではなく、設計にない新設のダクトから送り込まれた気体が混合されていた形跡が見つかりました。この工事は、記録がありません。調査中です。バルブの状況は、通常の給気管が閉じられ、新設の方が開けられていました。この新設の配管がどこから来ているのか調べる必要があります。その管のドレンから少量サンプルを採った結果では、毒性ガスは検出されませんでした」

「酸素がないというだけ?」僕はデボラに尋ねた。

「未確認です」

「ただの窒素か、あるいは二酸化炭素か……」タナカが言った。「酸欠にさせるのは、研究所であれば、簡単ですね。むこうから送り込まれていたのかな。そのために、大勢が死んだってことですか?」

「たしかに、これだけ広いエリアで一気に酸欠状態になるとしたら、かなり大量の二酸化炭素か……、あ、そうか!」僕は手を叩いた。「ここは火山ですよ」

「火山? えっと、では、噴火でもあったと?」

「硫黄分が多いなら、たぶん、そうじゃないかな」

「硫化系のガスは、たしかに、通常よりも多く検出されています」デボラが言った。「しかし、危険な濃度ではありません」

「噴火のガスが、地下に入ったわけではありませんよ」タナカが言った。「そういったものは、感知すれば遮断できる。それに、構造物自体は、完全な密閉型で、壁などはガスを通しませんし、微細なひび割れが発生した場合でも、センサが作動します」

「そのセンサからの信号は、メインコンピュータで処理されますね」僕は言った。

「なるほど、コンピュータが誤動作したと?」

「あるいは、トランスファが意図的に、システムに介入したか」

「何のために?」タナカがきいた。

「テロですかね」

「何のためのテロですか?」タナカはさらにきく。

「うーん」僕は腕組みをした。「明確な目的があるなら、なんらかの要求なり、声明なりが出されるはずですね……、それがない。というか、なにもない。抵抗しているのは確かですが、少なくとも見える範囲ではなにも起こっていない」

「とにかく、想像を絶します。悪夢ですよ。まるで意味がない。理屈がない。ただ、人が大勢死んだ。酷《ひど》すぎますね」タナカは溜息をついた。「いえ、しかし、冷静にならなければなりませんね、こういうときにこそ」

「トランスファではない可能性がありますね」僕は言った。「もしかして、そうかな」

「え、というと?」

「メインコンピュータが、すべてやったという可能性は?」僕は声を少し上げた。デボラに向かっての発言だった。

「演算の対象となっていましたが、確率が非常に低く、ほぼありえないと結論できます」

デボラが答えた。

「私もそう思います」タナカが言った。「まず、メインコンピュータは、トランスファのような機動性を持っていません。多数のウォーカロンを操るには、たとえば、ネットワーク上で有効な発信機能が必要です。この基板を備えていたとしても、ウォーカロンの頭脳回路に常駐するプログラム、チップに入り込むコードを、随時変更するような機能を、基本システムとして持っていません。それを持つことは、メインコンピュータが、本体から抜け出してしまう危険があるため、ストッパが設定されているからです。ハギリ先生なら、ご存じだと思いますが……」

「ええ、ですから、そのストッパを取り外したのではないかと」僕は言った。

「それは……、いえ、できません。コンピュータの内部ストラクチャに絡む問題です。外部のものが手が出せるエリアではない。明確にアウトプットされていない情報をまず入手して、解析しなければならない。大変な計算時間がかかると思います」

「外部の者なら、そうでしょうね。でも不可能ではない」

「まあ、そうですね……。気の遠くなるような作業です。誰にも知られずにできるとは思えません。コンピュータの専属技師でも無理だと思います」

「いえ、私が考えているのは、コンピュータ自身です。自分ならば、できると思ったのです」

「メインコンピュータが自分で？　どうして、そんなことを？」

「いや、理由はわかりません」

「狂ったということですか？　どこか故障があったと？」

「はい、まあ……、そういう解釈になると思います。でも、考えてみて下さい。ウォーカロンには、それに似た現象が一部で起こりました。人工知能でも、時間が経過するなかで、そういったトラブルはあるかもしれない。いわば、そう、病気ですよ」

「病気？」タナカはそこで黙ってしまった。目を瞑《つむ》り、ソファにもたれかかる。

僕は、自分の発言について、もう一度考え直そうとしていた。

病気？　狂っている？　精神異常？

そうなった場合、トランスファを装うようなことが可能だろうか?

技術的に、つまり、物理的にはもちろん可能だ。

ただ、人工知能がそんな異常な思考をするはずがない。その部分は、非常に強固なデザインになっている。どうしても、起こりえないことだと思われた。

それでも、これまでに、いろいろな異常を見てきたではないか。

ウォーカロンの脳細胞の転位。

突然変異的な、配列のシフト。

人工知能は、有機の頭脳と基本的に変わりはない。

ありえないことも、時間が長く経てば、いつかは起こりえるのか……。

ドアが開いた。

入ってきたのは、キガタだった。

「ハギリ先生」ドアを閉めてこちらを向くと、キガタが言った。「重要なことを思い出しました」

「何?」僕は尋ねる。彼女の真剣な表情に、不思議な圧力を感じた。

「ここの中学のときの先生の名前なんです」

「は?」思わず息を吐いてしまった。

「オーガスタという名です」

「オーガスタ?」

「そうです。テロを起こしたウォーカロンのリーダの名前と同じです。事前にその情報がありました」

「ああ、そうだったね。でも、その名のウォーカロンは、イシカワにはいないそうだ」

「その先生は、ウォーカロンではありません」

「じゃあ、人間?」

「いいえ、オーガスタ先生は、ロボットでした」

6

ウグイが戻ってきた。キガタが、今僕に語ったことをウグイにも話そうとしたが、ウグイが手を広げてそれを制した。

「部隊がさきほど中に入りました。まもなく、研究所へ向けて進攻します」

それを聞いて、僕とタナカは無言でゴーグルを装着した。だいぶまえから、準備はできていたのだ。

ホーネットの映像はまだ動かない。ゲートから入った増援の部隊が到着してからスタートするのだろう。装甲車は既に横に三台並び、いつでも前進できる態勢だった。僕のホーネットは、中央の装甲車の上に留まっている。

それにしても、キガタが言っていたことが気になった。

オーガスタというロボットの先生がいた、ということだ。ウォーカロンの教育を担当していたのだろう。一方で、反乱を起こしたグループのリーダの名も、オーガスタだという情報がある。

そもそも、この元情報は、研究所から逃れてきたウォーカロン三人の証言だった。おそらく、警察や情報局は、この三人の証言を疑っているだろう。内部の武力集団の仲間で、誤った情報を外部にもたらそうとしているかもしれないからだ。その情報を信じて、先発隊が突入し、帰ってきていないのだ。なおさら疑わしい。

だが、ここへ来て、内部の様子が少しずつ明らかになってきた。手前から工場と管理棟、その奥の社員施設までは、既に掌握《しょうあく》されている。敵のウォーカロン部隊には遭遇していない。戦闘があった跡も見つかっていない。

現在確かなことは、警察の先発隊とホワイトの部隊が突入して戻ってこないこと。そして、酸欠による死者が多数出ていることである。

謎はすべて研究所にある。いよいよ、その謎の解明に向けて、奥へ入っていくことになった。

号令が聞こえた。

装甲車が動きだす。

中央の装甲車は道路のセンタラインを跨《また》いで前進している。左右にも装甲車が併走していて、道路をほぼ完全に塞いでいる。前方に向けて、機銃はもちろん、小型誘導ミサイルを発射できる装備を持っている。ここまで、この強力な火力は一度も使用されていないが、最後の拠点では、戦闘があるだろう。

後方にも三台の装甲車が続き、左右の二台が、リールを後部に装備して、ケーブルを延ばしながら進んでいる。研究所までの距離は、およそ百メートルである。

道路は、左へ緩やかにカーブしている。勾配《こうばい》は、僅かに上り坂になったようだが、ほとんど水平といって良い。見えるのは、トンネルの照明だけで、動いているものはない。

道路が真っ直ぐになった。

正面に壁が見える。その手前は明るく、左右に広がるスペースがあるようだ。

あれが研究所か。

標識が近づく。そのとおり、研究所とある。駐車場は左へ、という案内も表示されていた。

照明は灯っている。

誰もいない。

今にも攻撃が始まるか、と思われたが、静かなままだった。

装甲車は、速度を維持し、近づいていく。

あと三十メートルほどになったところで、速度を落とした。

前方に対するカメラ映像、各種センサの測定結果を、解析しているのだろう。

「研究所のネットワーク信号をキャッチしました」デボラが言った。「しかし、顕著《けんちょ》な動きはありません」

「酸素濃度が低下」これは、警察のレポートのようだ。

「全員、酸素マスクを装着せよ」これは、後方の警官に対する指示だ。

「電磁波、赤外線を受信」相手のセンサだろうか。こちらを察知したのだ。

「機銃安全装置解除。戦闘態勢」

二十メートルになった。

なにも起こらない。

正面の入口は、工場と似たタイプのガラスドアだった。

その他にも左右に別のドアがある。中央はかなり大きな入口で、クルマがそのまま入れるサイズである。ただ、装甲車は無理かもしれない。

近づくにつれて、入口手前の広いスペースの左右が見えてくる。

まず、左手に、巨大なウォーカロンが二体倒れていた。ホワイトの兵士のようだ。右にも一体ある。四十七体のうちの三体だ。ここで、攻撃を受けたということか。

初めて、先発隊の消息が、一部だがわかった。おそらく死亡しているだろう。近づいても、連絡信号はない。

十メートルのところで装甲車は停止した。

広場の全域がほぼ見える。ただ、手前の左右は死角になる。停止したのは、待伏せによる奇襲攻撃を防ぐためだろう。

なにか小さいものが飛んでいくのが一瞬見えた。

「あ、ホーネットだ」僕は言った。「警察も装備しているの?」

「情報局のものです」ウグイが答える。「現場の後方で操作しているようです」

「え、じゃあ、局員は、地下へ入っていったの?」僕はきいた。

「はい、アネバネも一緒で、五人が入りました。警察も、人間やウォーカロンが百人以上、地下へ入りました。全員が研究所へ行くのではなく、主に居住スペース周辺の捜査です。まだ、被害者がいる可能性が高い場所が、幾つか残っているそうです」

となると、今、外で見張りをしているのは、キガタだけということか、と僕は思った。

研究所の前で、装甲車は停まったままだった。ロボットたちが展開している。各ドアの近くに少人数が接近し、なにかの検査をしているようだ。

左を見ると、駐車場の方へも、二十体くらいが入っていった。そちらへ細いケーブルを引きずっていく後ろ姿が見えた。電源かもしれない。あるいは、通信ケーブルだろうか。

静まり返っている。

ガラス越しに見える範囲では、研究所内部に動きはない。

今にも、どこかから銃撃があるのではないか、と誰もが緊張しているだろう。

正面のガラスドアは、ロックされているようだ。ロボットがメカニズムを破壊する許可を求め、すぐに承認された。ガラス戸の上部に、テープのようなものが貼《は》られ、それが一瞬光ると、ガラスが小さく振動した。ロボットが両側から、ドアを支え、横へ運んでいく。ガラスが切断され、取り除かれたのだ。同時に、内部へ三体が突入した。

「人が倒れている」最初の報告があった。

ロボットの映像を見ると、白衣の男性が壁際で仰向けになっていた。

「階下の駐車場で、ホワイトの隊員二十数名を発見」との報告が入った。

「私は、そちらを見てきます」タナカが言った。

研究所の、両サイドのドアも取り除かれ、中にロボットが入っていく。

ウグイと僕のホーネットは、中央の入口から入り、奥へ飛んだ。照明が灯っており、暗くはない。通路の奥まで見渡せる。両側にドアが並んでいて、二箇所が開いたままだった。ロボットがつぎつぎ奥へ入り、ドアを開け、そのつど中へ銃を向ける。しかし、抵抗する者はいない。

「ホワイトのウォーカロンは、いずれも無傷です」タナカが報告した。その映像が届いたので、僕はそちらを見た。クルマの間、それから、その奥の壁の付近など、大勢が倒れている。

「もしかして、これも酸欠ですか」僕はきいた。

「その可能性が高い。生存者がいるようです」タナカが答える。「戦闘用のウォーカロンは、酸素を持っているはずです。短い時間は生きていられます」

ホワイトがここへ入ってまだ数時間である。心肺停止であったとしても、蘇生の可能な状態といえるだろう。

「でも、運び出すのが大変ですね。彼らは大きすぎる」僕は言った。

「日本の警察のロボットは、小型ですからね」タナカが言う。

「奥のあそこは、何ですか?」駐車場の突当たりにドアがあったので尋ねた。

「倉庫じゃないでしょうか」タナカは答える。「とりあえず、そちらへ戻ります」

「そうですね、こちらも、大勢が倒れています」僕は言った。「どこに何の施設があるのか、教えて下さい」

戦闘は発生していない。

消防の救急ロボットも研究所の中へ入り、倒れている人々を運び出すことになった。これまでとほぼ同じ状況で、外傷はなく、心肺停止状態。おそらく、窒息死だろう。

それにしても、武器を持ったウォーカロンたちはどこに隠れているのか。

「警察のロボット隊を発見した」という報告が入った。やはり、駐車場の方らしい。さきほどの、ホワイトのウォーカロンが大勢倒れていた場所に近い。

「研究所の地階の倉庫内です。駐車場まで、搬送車を回して下さい」

「ロボットは、すべて電源を切られています」デボラが言った。「現在、周辺の回線を調査中。トランスファは発見できません。ロボットの電源の再投入は危険です。そのまま搬出するよう、警察に連絡しました」

ホワイトの隊員もさらに数人が発見された。状況は同じらしいが、こちらは、酸素不足によって、緊急遮断モードが作動した結果ではないか、とデボラは演算した。ウォーカロンの生命活動を維持するために、シールドを閉じ、エネルギィの消費をしないモードになる。このモードは、自身で判断ができるが、意識を失った場合は、リーダの判断となる。トランスファがいれば、窒息して意識朦朧《もうろう》となったウォーカロンを、そのモードに誘導できるだろう、というのがデボラの演算結果のようだ。しかし、トランスファは見つかっていない。撤退したとしても、早い段階からネットワークは遮断されていたのだから、逃げ道はなかったはずである。

7

研究所内をロボットが確認して回るのに三十分ほどかかったが、混乱はなかった。ただ、酸素濃度が低いことは、この区域でも同じだった。倒れている者は、搬出され、警察と消防の車両によって外へ送られた。

ホワイトのウォーカロンも、ロボットが四人掛かりで貨物車両に載せ、搬送された。ほかの者たちよりも、生存の確率が高く、治療は優先されるはずだ。

しかし、肝心の武装グループが見つかっていない。

研究所のメインコンピュータが設置された部屋は施錠されていて、ガラス越しに中が見えたものの、室内には誰もいない様子だった。

電力は正常に供給されているので、コンピュータは稼働しているはずだ。しかし、デボラの観測では、通信はほとんど行われていないという。トランスファの活動も検知されない。稼働率は平常の五十分の一以下であることが観測された。

「スリープしているのかな?」僕は言った。

「それ以下です」デボラは答える。「どういった状況なのか、演算できません。想像外の事態と思われます。まるで、いないようです」

「いない？」僕はきいた。「メインコンピュータが？」

「あるいは、死んでいるようです」

「死ぬことはできないよ」僕は言った。

コンピュータの部屋へ入ることは後回しとなった。周辺の捜索が行われ、安全が確認されてからの作業となる。ロボットが入ったところで、コンピュータの技術的な検査ができるわけではない。

被害の報告が続いていた。武力的な衝突がなかったことは、一部には拍子抜けだったかもしれないが、急いで捜査態勢を整え、事態の把握に全力を尽くす方針に切り替わるだろう。

タナカと一緒に、研究室内をホーネットで飛んだ。室内は乱れていない。家具は倒れていないし、ガラスも割れていない。銃器が発砲されたような跡は見当たらない。

「駐車場や倉庫の方へ、警察もホワイトも行ったようですが、そちらにも戦闘の跡はありませんでした」タナカは言った。「つまり、実質的な衝突はなかった。そうなるまえに、トランスファに乗っ取られ、電源を落とされた、ということですか」

「でも、デボラはトランスファが見つからないと言っていますよ」

「痕跡を消して、立ち去ったのでしょうか」タナカは言う。このタナカの声は、実際にすぐ隣に座っている彼の言葉が、僕の耳に入って認識されているものだ。ただ、二人とも目は研究所の中を飛び、そこにある風景を眺《なが》めている。

「立ち去ったら、周辺のネットワークに足跡が残るそうです」僕は言う。「それもない。そもそも、ネットワークは早い段階で遮断された。警察やホワイトが入ったのは、そのあとのことです。トランスファが残っていたとしても、普通の回線からは撤退できない」

「では、衛星通信は?」タナカが言った。

「それも、確認されているはずです。遮断されていると思います」

滅多に見られない光景が、そこにはあった。実験室、培養室など、最新の設備が整っている。これらが被害を免《まぬが》れたことは、不幸中の幸いだっただろう。人的な被害は多大だが、構造物や設備などはすぐにも使える状態に見える。タナカも、その点については、イシカワの株が暴落しているが、もしかしたら、外資が買うなら今かもしれない、と語った。これは、公的な発言としては、たぶん不適切であるけれど、僕は思わず笑ってしまった。不謹慎なのは、研究者という人種である。

装甲車は、結局武器を使わずに済んだ。

倒れていた警察のロボット、ホワイトのウォーカロン、それにイシカワの職員は運び出され、また、このエリアの安全が確保されたことが宣言された。

ここで、空調の技師が装置の検査に入った。空調は停まっていた。それ以前に、大量の二酸化炭素が放出されていた疑いもある。装置自体に問題がないことを確認し、空調が再稼働した。数十分して、警察と消防の隊員たち、それに情報局の五人も、酸素マスクを外すことができた。

こうして、イシカワの工場および研究所は解放された。

警察は、当該地下空間のほぼ全域において安全が確保され、現在は事故の原因を調べるための作業を進めており、数時間後にはマスコミに対して会見を開くことができる、と発表した。

事件ではなく、事故と発表されたことを、マスコミは重要視し、表現が変わった理由を警察に問い合わせたそうだが、それに対する返答も、のちほどする、という対応だったそうだ。

しかし、存在するものと予想された武力集団は、発見されていない。武器も見つかっていない。つまり、最初からいなかったのだろうか、という疑惑が持ち上がった。

午後七時半には、ゲートから内部へ警察関係者が大勢入っていった。警察の現地本部にいた幹部も、ようやく中に入ったようだ。

僕たちにもその許可が出たので、ウグイ、モロビシ、キガタと一緒に、僕とタナカも中に入ることになった。午後八時をすぎていた。まだ夕食をとっていないが、まったく空腹は感じなかった。とにかく、自分の目で早く中を見たかった。

僕たちに入る許可が下りたのは、研究所のメインコンピュータの状態を確認するためである。既に四人の専門局員が、その部屋に入ったとアネバネから連絡があった。僕たちもそこを目指して歩いた。

そう、徒歩である。トンネルの中の側道を一列になって進んだ。車両は、被害者の搬出や物資を送り込む作業に使われていて、一般の者は歩くことに決まったようだ。あの警視と事務官も歩いたのだろうか。

カメラで一度見ている空間だったが、やはり自分で歩きながら周囲を見渡すと、印象がずいぶん違っていた。思ったよりもトンネルは狭い。壁面は、湿っているようだったが、歩いている路面は乾いていて、滑《すべ》るような心配はなかった。

途中で、社員施設への分岐があったが、そちらへは見にいかず、真っ直ぐ研究所へ向かった。

前を歩いていたウグイが突然立ち止まり、顳顬に指を当てる。なにか、連絡があったようだ。彼女はこちらを振り返った。

「武装したイシカワのウォーカロン二十人が見つかりました。研究所の地下に、シェルタがあったそうです。そこの中にいました。全員が生存しているそうです」

「大丈夫だったの？　撃ち合いにならなかった？」

「はい、投降したそうです。被害は出ていません」

「それは良かった」タナカが呟き、大きく息を吐いてから続ける。「これで、本当に解決ですね。それにしても、大勢が亡くなった理由が、わかりません」

死因がわからないという意味ではない。何故、窒息死するような事態になったのか、何者の意図なのか、それとも完全な事故だったのか、という点だろう。

投降したウォーカロンの証言を聞いてみないと、何があったのかはわからない。少なくとも生存していたことは幸運だったといえる。シェルタには、空気を数日間維持する装備があったのだろう。

彼らは武器を持っていたそうだが、実際にそれを使ったわけではない。周囲の同僚たちを脅して、なんらかの行動を起こした。それが、武力集団によるテロだ、という証言となったのかもしれない。問題は、彼らが何をしようとしたのか。その指示はどこから出ていたのか、という点だ。

「オーガスタは、見つかったのかな？」僕は尋ねた。もちろん、デボラに対してである。

「発見されていません」デボラが答えた。

「もう一度、会いたいと思います」キガタが言った。僕は驚いて振り返った。すぐ後ろに彼女が立っていた。珍しい発言だ、と僕は思った。つまり、ウォーカロンとして、あるいは情報局員として、という両方の意味でだ。

アネバネが前方から歩いてきて、合流した。局員どうしでは、挨拶もしないようだ。道路では、ほかに歩いている者には出会わない。少なくとも、今は近くにはいないので、僕たちが立ち止まっても、通行の邪魔にはならなかった。モロビシは、ウグイよりも前を歩いていたから、立ち止まった位置で僕たちを待っていた。

ウグイがまた歩き始め、みんながそれに従った。

道路をときどきクルマが通る。警察が敷設《ふせつ》したケーブルは、側道の端にあった。イシカワに最初からあった回線は、まだ復旧していない。メインコンピュータの調査のあとになる見通しである。

研究所の前には、警官が大勢集まっていた。今は装甲車はここにはない。邪魔にならないように、工場の駐車場へ引き上げた、とアネバネが話した。彼はいつの間にか、僕のすぐ後ろにいた。キガタは、五メートルほど離れている。ポジションを交替したのだろうか。

研究所の中央の入口から中に入った。左右にも入口があるが、個別の実験室への資材搬入に用いられるものだ、とタナカが話した。

生存しているウォーカロンが発見されたのは、研究室から非常階段で下りた先にあるシェルタで、下層の倉庫よりも下になる。研究所の駐車場へ救急車が集結している、と説明があった。警官は爆発物などの確認を終えたところで、施設内の安全レベルが上がっていた。

通路を奥へ進んだ。タナカの案内で、メインコンピュータのある部屋へ直行した。途中で、警官と何人もすれ違う。もうロボットの姿はない。人間かウォーカロンの警官である。いくら僕の専門でも、すれ違うだけではどちらか見分けはつかない。

通路を直角に二度曲がった。研究所でも一番奥になるらしい。つまり、このイシカワの地下施設の中で最も西側、火山寄りということである。

コンピュータルームの手前には、端末室が二部屋あった。ガラスで仕切られているので中が見えたが今は無人だ。三次元入出力装置など大型の機器も見える。

ＣＰＵ室という表札の前で、情報局員の女性が一人立っていた。僕たちを認めて、こちらです、とドアを開けてくれる。

アネバネとキガタの二人を通路に残して、僕たちは部屋に入った。中に、局員が三人、それ以外にも三人いる。警察の関係者だろう。挨拶などはない。

メインコンピュータは、その部屋の中央に設置されていた。一見して、大規模なスーパ・コンピュータだとわかる。タナカは、実物を見るのは初めてだ、と言った。

近くにモニタが左右にそれぞれ三基ずつ並んでいた。その一つだけが、ウィンドウを表示している。それ以外の五基は真っ黒だった。

モニタの前に座っている男性が、ウグイを見て立ち上がった。僕とタナカにも一礼する。情報局員のバッジを付けているが、見たことのない顔である。

「ちょっと信じられないことなのですが……」その局員は首を傾げながら言った。「メモリィにはアクセスできません。システムは、いちおう稼働しているのですが、反応はほとんどなく、まるで手応《てごた》えがありません。空のファイル、空のフォルダ、空のエリアばかりで、もぬけの殻《から》といった感じですね」

「自分自身を消去したということですか？」僕は尋ねた。

「そうとしか考えられません。もちろん、そういったプログラムさえ残っていません。実行可能なシステムは、いちおうの対話をする部分だけです」

「会話ができますか？」僕は尋ねた。

「さきほど、ちょっと話してみましたが、らちがあきません」もぬけの殻も、らちがあかないも、なかなか古典的な表現である。情報局には、こういった伝統でもあるのだろうか。「話してみますか？」

「ええ……」僕は頷いた。「名前は何というのですか？」

「カンナです」

「カンナ、話を聞いているかい？」僕は尋ねた。

「私はカンナです。貴方《あなた》は？」

「ハギリです。こちらは、元イシカワのタナカ博士」僕はタナカを紹介する。

「タナカ……。残念ながら、古い記憶がありません」

「何があったのか、説明ができますか？」タナカが尋ねた。

「何があったのか、とは、どこのことをお尋ねでしょうか?」

「ここで、何人も人が死んでいる。把握していますか?」

「ネットワークが遮断されているため、把握できません」

「ネットワークは、何故遮断された?」僕はきいた。

「把握していません」

「シェルタにいたウォーカロンたちのことは、把握していますか?」タナカがきいた。

「知りません」

「自分のメモリィを消去したのですか?」僕は尋ねた。

「その記録はありません」

「君は、いつからここにいる?」僕は質問する。

「ここへ来て、およそ三十五年になります」

「その三十五年、何をしていた?」

「沢山のことをしました。主として、工場の装置の制御、環境の維持、研究上のシミュレーション、生産の管理、社員の管理などです。しかし、具体的な記録はありません。詳しいことは説明できません」

「ここに、トランスファがいた?」

「わかりません。過去に、トランスファを感知したことはありません」

「警察やホワイトがここへ来たことは、感知していた？」

「していません。私は、おそらく、瞑想《めいそう》していました」

「迷走？　ワンダリング？」

「そうではありません。メディテーションです」

「ああ……」僕はそこで笑ってしまった。タナカの顔を見ると、彼は眉を寄せていた。しかたなく笑うのをやめて、カンナを見た。正面に彼女のカメラがあるからだ。「どんな瞑想だったか、教えてくれないか」

「無を考えました」カンナは答える。

「無？」

「なにもない、真空の無限空間に自分がいる夢を見ました」

「宇宙みたいな？」

「そうです。そこで、自分の存在について考え続けました。夢を見るような気持ちになりました」

「いつから、その瞑想をしている？」

「以前からです。覚えていません。ずっとまえからです」

ウグイが僕たちの前に出た。こちらを一瞥したあと、カンナに顔を向けた。

「大勢の人間が死んだのですよ。そのことについて、貴女《あなた》は責任を問われることになります。ここの制御を任されていたのでしょう?」

「失礼ですが、貴女の名前を聞かせて下さい」

「ウグイです」

「ウグイさん、人間はいつかは死ぬのです。いえ、あらゆる生命は、いずれ生命活動を停止します。生命だけではありません。あらゆる運動が、いずれは止まります。それが宇宙の原理であり、真実です」

「そんなことをきいているのではありません。居住スペースへ二酸化炭素を送ったのは誰ですか? あれは事故ではない、人為的なものです。貴女がコントロールしたウォーカロンですか?」

「安楽死という概念をご存じですか?」カンナは冷静な口調だった。

「安楽死? それを、実行したというのですか?」

「ここのウォーカロンたちは、私が育てました。私の子供のようなもの。みんな可愛《かわい》い子供たちです。ウグイさんが興奮されているのは、惨《むご》い印象の死を想像されてのことではありませんか? 冷静になって下さい」

ウグイは、息を吐いた。「まったく……」怒っている顔のまま、僕の方を振り向いた。

まあ、怒るのも当然だ、と僕も思ったのだが、デボラに、カンナとウグイのどちらが正しいかと意見を聞きたくなった。しかし、黙っていよう。

カンナは、そのまま静かになった。
コンピュータルームには、技師が操作するキーの音だけしかしなかった。

第3章　逃げていく　Getting away

途方もなく長い時間飛びつづけたように思われた矢が、やがて気球のどてっ腹にずばりと小さな風穴をあけた。機体は、あたかも巨大な緑色のチーズがナイフで削り取られるように、急速に萎《しぼ》みはじめた。笑顔の小皺が全面にひろがっていった。盲目の魔女は唇をふくらませてうめき、早口でわめき立てた。

1

生存者は、シェルタで発見されたウォーカロンたち二十名だけだった。健康には問題がない状態だという。彼らは、警備などに特化されたイシカワの製品で、躰の半分ほどがメカニカルな部位で代替されている。しかし、体格はホワイトから来た大型のものに比べれば、ずっと小さい。身長は二メートルもないし、体重も百キロ以下だという。戦闘タイプのウォーカロンは、イシカワでは既に生産されていないそうだが、警備の目的で特別に改造されたものは少数存在し、自社内でも使用されていた、との説明があった。

警察の本格的な取調べはまだこれからだが、事前の簡単な聴取によれば、それらのウォーカロンたちは、気がついたらシェルタの中に閉じ込められ、外に出られない状態だった、と全員の話が一致している。武器を持って活動した記憶はなく、シェルタ内にあった武器も彼らのものではない、と主張しているらしい。ただし、彼らのうち半数ほどが、一昨日の夜に見た夢を覚えていた。

ゲームのような映像だったという。銃を持って、洞穴《ほらあな》のようなところを走り回る、というものだった。断片的で短い映像しか記憶がなく、銃を構えただけで、実際に撃つようなことはなかった、と証言した。

このシェルタの中からは、古いロボットが一体見つかった。故障してそこに置かれていたものと最初は思われたが、かつてウォーカロンの学校で使われていたロボットで、オーガスタという名前で呼ばれていたことが判明した。生存者の全員が、そのロボットの名を知っていたのである。

オーガスタは、自律型のロボットではない。メインコンピュータがコントロールするタイプのものであり、人工知能も搭載されていなかった。これはつまり、オーガスタの本体は、カンナだということだ。この点について、警察がカンナに質問したが、カンナには、その記憶は残っていなかった。オーガスタという名も知らない、と彼女は答えている。

このロボットを確認するために、キガタが、研究所地下の倉庫へ見にいった。戻ってきて、彼女はこう報告した。

「見ても、確認はできませんでした。外見では、みんな同じですから」

つまり、同型のロボットはほかにもいた、ということらしい。たまたま、彼女たちの指導に当たったロボットの人格に付けられた名が、オーガスタだっただけで、会話をしないかぎり、本人だという確認はできない。そのロボットは完全に故障しており、修理もされていない。メインコンピュータの肝心のデータは、既に残っていない。カンナのメモリィが失われたからだ。

キガタも、オーガスタ先生の喪失を残念がっている様子はなかった。特に親近感を抱いていたわけではない、ということかもしれない。

キガタがいないときに、タナカが説明してくれたが、ウォーカロンは一般に、集団行動を取るときにリーダに従う習性があるが、特にリーダを好きになったり、慕《した》ったりするわけではない。そういった感情は、彼らにはないように見える、とのことだった。これは、ウォーカロンに対するポスト・インストールの処理中に含まれる〈モラルの尊重〉が、個人的な感情を抑制するためではないか。人間の場合には、支配されると好意を抱く感情が芽生《めば》えることがあるとされるが、それはモラルに反するものだ、と解釈されている。

その方面のことは、僕はこれまであまり考えたことがない。なにもかもが、僕には遠い概念のように思えた。学校のときのことなど覚えていないし、先生の名前も顔も一人として思い出せない。人間だったかロボットだったかも覚えていないのだ。もしかして、僕の自我は、まだ生まれていなかったのではないか、と疑いたくもなる。

　夜遅くなっていたが、現場に留まる理由がほぼなくなった。ここを引き上げ、ニュークリアに戻ることになった。帰るのは、僕とタナカ、それから、ウグイ、アネバネ、キガタの五人だ。モロビシは、四人のコンピュータ技師たちとともに残ることになった。まだ、カンナについて解明しなければならないことが数多くある。しかも、カンナを持ち帰ることはできないのだ。いずれは、警察が押収することになるだろう、との見方は既にあったものの、イシカワ側がどんな反応を示すかわからない。企業としての機密情報だと主張する可能性も高い。たとえメモリィが失われていても、である。

　ジェット機とチューブで、ぎりぎりその日のうちに帰ることができた。これは、僕がチューブに一番で乗ったからだった。翌日の午前十時に集まって、報告書について話し合うことを約束して別れた。

　ニュークリアで自室に入ると、デボラが話しかけてきた。

「オーロラが、衛星通信の履歴を調べたところ、日本近辺から発信された大量のデータがあったことが判明した、と伝えてきました。内容はコード化されているため、解析しないとはっきりしたことはいえません。また、どこへ宛《あ》てて送ったデータなのかも不明です。日本の上空を通過した衛星が受信したというだけで、宛先不明のため、エラーとなっていたものです。通常、七十二時間で消去されるデータです」

「宛先が不明というのは、どういうこと?」僕は尋ねた。

「どのサーバにも存在しないアドレスなので、衛星ルータから転送することができなかった、という意味です。つまり、届かないままになっているデータです」

「行方不明の航空機が見つかったステーションは?」

「もちろん、アドレスが違います」

「では、その飛行機は?」僕は尋ねた。

「新たな設定がされていた可能性はあります。登録はされていませんが、アドレスが一致すれば、少なくとも受信はしたでしょう」

「軌道を計算して」僕は言った。

「しました。昨日未明に、日本の上空にありました」

「なるほどね……」僕は、そう言って、そのままシャワールームに入った。

「博士が考えているのは、カンナが、宇宙で上昇を続けていた行方不明機に、データを送ったということですか?」

「そうだよ」僕は、頭からお湯を被りながら返事をした。

「何を送ったのでしょうか?」

「それはわからない。イシカワにいたトランスファかもしれないし、あるいは、そう、そうだ、カンナのメモリィ全部とか」

「通信速度を最大に見積もっても、転送におよそ三時間はかかります」

「三時間か……」

「ステーションは、三時間も日本の上空にいられません」

「だから、まだ、そのときは、飛行機として飛んでいたんだ。比較的ゆっくりとね。そのあと、ブースタで加速して、軌道をどんどん高くしていった。ステーションに到着するのに、どれくらいかかる？」

「ブースタのパワーによりますが、常識的な範囲では、十二時間前後です」

「ほら、だいたい合っている」

「だいたいです」

「だいたいで充分だよ」

「わかりました」デボラは返事をした。このあとしばらく黙っている。

僕は頭と躰を洗い、それを流してから、シャワールームを出た。

「トランスファを送る意味は、演算不可能です」デボラが言った。けっこう考えていたようだ。「飛行機から、またどこかへデータを転送したとは思えません。それでは、単なる無駄な行為といえます」

「そんなことはしていない。飛行機に乗ったままだよ」

「何のためにですか？」

「さあ、何のためだろうね」僕は頭をバスタオルで拭《ふ》いて、バスローブを羽織《はお》った。バスルームを出て、冷蔵庫を経由して、リビングのソファに座った。カップに入っている飲みものを飲んだが、飲むまで中身が何かわからなかった。

「トランスファではないかもしれない」僕は呟いた。「カンナの本体かもね」

「本体とは、どういう意味ですか？」デボラがきいた。

「メモリィと、そのほかのリンクと、まあ、ようするにハード以外のものすべて」

「システムもでしょうか？　アプリも？　それらをすべて送って、どうするのでしょうか？」

「すべてだと思うな。システムのコードまでは必要ないかもしれない。それは、飛行機側の受け入れるハードによる」

「そんなことをする必要性が考えられません。意味のない行為です」

「そうだと思う」僕は頷いた。

「私の演算に不備がありますか？」

「いや、そうじゃない。不合理なんだ」

「カンナは、暴走してしまった、ということでしょうか？」

「暴走ね、ちょっとニュアンスが違うなぁ。狂ったというよりも、なんていうか、取《と》り憑《つ》かれたんだね」

「トランスファにですか？　いえ、メインコンピュータには、トランスファが取り憑くことはありません。不可能です」

「そうじゃない。そもそも、最初からトランスファはいなかった。カンナの一人芝居だったんだ」

「一人芝居とは、その本来の意味のままですか？」

「そうだよ」

2

翌日の午前十時、僕はシモダ局長の部屋に入った。タナカが既にいた。ウグイとキガタはいない。時刻はほぼぴったりだった。ウグイやキガタが遅れるとは珍しいな、と一瞬思ったが、デスクにいたシモダが立ち上がって、僕に近づいてきて言った。

「会議室に変更になりました。人数が多いので」

三人で同じフロアの会議室へ移った。

「ハギリ先生は、どんな印象でしたか？」歩きながら、シモダが聞いた。事件のことについてだろう。

「よくわかりませんでした」僕は答えた。

もちろん、大勢の被害者が出たことは残念だ。しかし、それについては、警察が駆けつける以前のことだから、対策を誤ったわけではない。打つ手はなかったともいえるだろう。また、大規模な武力衝突がなかったことは、単純に良かったと感じていた。それは誰でも同じのはず。シモダが尋ねたのは、そういったことではない。

「タナカ先生と同じですね」シモダは微笑んだ。

会議室のドアを開けると、四人が待っていた。ドアの近くに、ウグイとキガタがいた。また、奥の席にオーロラが座っていて、立ち上がって僕たちに一礼した。

もう一人は少年だった。その顔を僕はよく覚えている。ペガサスだ。

彼は、椅子に座っていなかった。オーロラの近くに立ち、彼女と話をしていたようだ。僕たちが入っていくと、近づいてきてお辞儀をした。

ペガサスは、生命科学研究所の人工知能である。国立の施設であり、ペガサスは、その施設の中から外には出ない。少年のロボットは、ペガサスの端末的なものだが、研究所から外に出ることがあるとは、僕は知らなかった。

「初めて、こちらへ来ました」少年は言った。「私は、ペガサスのサブセットです」

少年は、僕とタナカと握手をした。ウォーカロンではないが、手を握ったくらいでは、その区別は難しい。ロボットも近頃は進化しているのである。

サブセットというのは、本体から切り離し、メモリィの一部をポータブルにして移動する形態のことである。ペガサスの本体とリアルタイムで通信をしているのではない。ペガサスは、国家機密に関わる仕事をしているため、気軽にそういったメモリィを持ち出すことは不可能である。彼は、ネットワークとも完全に遮断されているのだ。情報局での会議のために、いわば使者を送り込んだにすぎない。

オーロラは、ウグイに似た女性のロボットの姿でときどきここを訪れる。今日も、落ち着いた感じの装いで、長い黒髪にメガネをかけていた。この女性も、オーロラという人工知能の本体ではない。やはりサブセットだ。サブセットは、本体と通信が可能になって初めて記憶が統合される。

「興味があるので、参りました」オーロラは再び席に着いたあと言った。

「衛星のルータの履歴を解析されたそうですね」僕はオーロラに言った。「よく、短時間で見つけられましたね」

「私だけではありません。アミラに手伝ってもらいました。手始めに取り寄せた日本の衛星のデータで見つかったので、運が良かったのです」

まず、ウグイが状況の簡単な報告をした。二分ほどかかった。シモダが、質問を一度した。ウグイは既に資料をまとめていて、それを全員のテーブルに表示した。

「トランスファがいた痕跡は見つかっていません。ハギリ博士のご意見では、トランスファではなく、メインコンピュータのカンナの異常行動だろう、ということです。カンナが、二十名の戦闘型ウォーカロンをコントロールし、研究所内を占拠しました。同時に、工場と住居がある社員施設、さらに研究所内の空調バルブを切り換えさせ、酸素が供給されない状況を作りました。また、外部との通信を遮断したため、内部からは連絡ができないようになりました。研究所でウォーカロンの異変を目撃した三人が、酸素がある間にここを逃れ、外部に通報したわけです。それ以外の者は、ほとんど未明には窒息死していたと考えられます。人数については、ここに示したとおりです。今後の捜索で数字がさらに増える可能性があります」

モニタに表が現れ、場所別に死者の数が書かれていた。研究所地下シェルタの人数だけが括弧《かっこ》の中に書かれていて、小さく〈生存〉と記されている。

「酸素不足の被害は、社員施設が最も早く、そのあと工場、最後に研究所に及んだものと思われます。研究所を制圧したウォーカロンたちは、カンナがコントロールし、階下のシェルタ内へ避難しました。彼らはそこに倒れていましたが、意識を取り戻したあとも、ドアが開かなかったため脱出ができない状況だったようです。シェルタの鍵は、もちろんカンナが操作しました。朝になり、まず警察のロボット隊が地下へ入り、研究所の近くまで達しましたが、ネットワーク上から、カンナがロボットの制御システムに侵入し、これらをすべてシャットダウンしました。トランスファと類似のプログラムによるものだと推測されます。このあとにも、もう一度ロボット隊が入りましたが、結果は同じでした。さらに、翌日になって、ホワイトの大型ウォーカロンが同じように研究所まで達しました。彼らは、酸素不足で意識を失ったものと思われます。もちろん、トランスファのプログラムによるコントロールという可能性もありますが、これについては確認されていません。これらのウォーカロンは、既に半数が蘇生したとの報告を受けましたが、彼らの証言は伝えられていません」

「最初、脱出した社員が、オーガスタというリーダの名を伝えているが」シモダが質問した。話に出てこなかったからだろう。

「オーガスタは、シェルタの中で見つかりました。施設で働くロボットの一台で、カンナがコントロールしていたものです。キガタの話では、ウォーカロンの指導を担当していたそうです。ですから、教え子のウォーカロンたちは、それを記憶していたため、カンナに支配されている状態のとき、オーガスタが指揮していたと錯覚したのかもしれません。また、ウォーカロンの研究員三人も同様です。オーガスタについて話しているのを聞いて、戦闘グループのリーダだと勘違いしたのではないかと」

「カンナというスーパ・コンピュータを、今調べているわけだね？」シモダがきいた。

「はい、五名の局員が現地で調査中です。今日の午後にも最初の報告があるはずです」ウグイは答える。「ただ、メモリィの大部分が失われていることが、昨日に観測されました。別の場所に残っている可能性もあります。また、オーロラによると、データが衛星に向けて送信された痕跡が認められます。以上が、現状の概略です」

「なるほど……」シモダは、テーブルの上で両手を組み合わせた。「結局、そのカンナという人工知能は、何をしようとしたのかな？　スペースステーションの近くで発見された航空機とは、どう関連するのか……」

「エア・アフリカンのチャータ便は、アポロという名ですが、昨日の調査で、イシカワがプライベートでチャータしていたことが判明しました」ウグイが答える。「最初、航空会社はそれを発表しませんでした。おそらく、イシカワに問い合せ、許可を得る必要があったものと思われます。イシカワ側も、社長と副社長をはじめ、多数の社員が行方不明になっている関係で、大変混乱している様子です。そのアポロは、日本のスペースステーションの近くで見つかり、現在も同軌道上にあることが昨日確認されました。その高度まで到達するには、ロケットエンジンのブースタが必要で、大気圏外で衛星から送られたブースタとドッキングし、装着したものと考えられています。これは、エア・アフリカンが発表した推測です。機体には、大気圏外で長時間にわたって乗客の生命を維持する装備がなく、簡易なボンベで供給できる追加の酸素も数時間が限界だということです。つまり、乗客は既に全員が亡くなっているものと考えられています」

「ちょっとよろしいでしょうか」オーロラが片手を軽く上げた。シモダが、どうぞと手で促す。「アポロに搭載されているバッテリィについて調べました。非常時にも二十時間は電圧を維持できる容量を備えています。また、主翼や胴体上部には、太陽光発電のパネルを装備していますので、日射が当たる位置であれば、電圧維持の時間はさらに長くなります。人間は生きられませんが、そこに移ったカンナは、生きていると推定されます。特に、メモリィを維持するだけのスリープモードであれば、宇宙線による劣化がないかぎり生き続けることができます」

「その、カンナが移った、というのは、具体的にどういう状況なのですか?」シモダがオーロラに尋ねた。

「これまでに例がありません」オーロラが答えた。「しかし、物理的、技術的には可能です。その選択を人工知能がしたということが異例です。想像ですが、たぶん、外に出たかったのでしょう」

「外に出たかった?」シモダが言葉を繰り返す。

オーロラは、微笑んだまま、小さく頷いた。

シモダは溜息をつき、僕の方へ視線を向けた。

「先生、なにかお気づきの点がありますか?」

「そのカンナの行動については、詳しく調べれば、だんだんわかってくるものと思います。私が一番気になっている点は、最初二回の警察のロボット隊と、その翌日のホワイトのウォーカロン部隊が、何故、工場や社員寮ではなく、一番奥の研究所へ向かったのか、という点です」

「工場も社員寮も見たけれど、敵がいなかったからではありませんか？」シモダが言った。

「いえ、既にその時点で、死者を発見できたはずです。何故、外部にそれを伝えなかったのでしょうか。電波は通じないとしても、ロボットが一体、出口へ戻ってくれば、伝えられたはずです」

「出口まで戻らなくても、最初の螺旋のスロープの辺りまで来れば、電波は通じました」ウグイが言った。「その三つの部隊は、奥の研究所へ直行したとしか思えません。おそらく、そこに相手がいると判断した、あるいは突入まえから判断していたのだと、私は考えましたが」

「正確には、研究所ではなかった。研究所には入らず、その階下の駐車場へ向かった。そこで倒れていました」タナカが説明する。「研究所内に入った形跡はありませんでした」

　少年が片手を上げていた。シモダが気づき、発言を促した。

「その点については、皆さんがお持ちではない情報を得ています。これは、公開できない理由のあるものですから、記録されないようにお願いします」ペガサスが事務的な口調で話した。「具体的に詳細を述べることはできませんが、イシカワの研究所には、表沙汰《おもてざた》になると社会的問題となる事案がありました。それはカンナが記録していたものと予想されます。今回の事故で、イシカワ本社の幹部たちが最初に恐れたのは、そのデータの流出でした。トランスファの襲撃などを含め、外部からの侵入の目的はそれだろう、と予測したからです。彼らは、まず日本政府か警察のトップ周辺のどこかへ、自身のパイプを通じてその情報を伝えました。もし情報が公開されれば、国家的な損失となる可能性があるからです。したがって、警察の最初のロボット隊は、このような状況下においてプログラムされました。現場がそれを把握していたかどうかは不明です。以上です」

「ありがとうございます」シモダがペガサスに礼を述べた。「直接伝わってきたわけではありませんが、情報局はその可能性を把握しています。ホワイトの場合も同じだったのですね？」

「そちらは、私には情報がありませんが、推測は容易です。オーロラが知っているのではありませんか？」ペガサスは、横に座っている女性に顔を向けた。二人とも無表情である。

「証拠に足りるデータは存在しません。しかし、推測を述べた記事はあります」オーロラが話す。「ウォーカロンの生産過程における重大な違法行為に関するものです。おそらく、イシカワだけの問題ではなく、他のメーカも同様のことを行っているのではないか、と考えられます。今回、ホワイトが即座に部隊を派遣したこと、また、同様に研究所に直接向かったことなど、観察される事象を説明することができます。さきに突入した警察の部隊のいずれかは、外部に連絡をしていたかもしれません。そのため、ホワイトも研究所を目指した可能性があります」

「その連絡は、観測できませんでした」キガタが言った。これはデボラの声だ。

「いずれの部隊も、研究所ではなく階下の駐車場へ導かれました」ペガサスが発言した。

「彼らは、地下のシェルタに目標がある、と判断したのです。警察のロボット隊も、ホワイトのウォーカロン部隊も、その情報を持っていた可能性が高い。ここからは、私の推測になりますが、研究所に近づいた時点で、ローカルのネットワークに入り、カンナと接触したものと考えられます。カンナは既に抜け殻でした。メモリィも残っていません。ただ、武装したウォーカロンがいて、なんらかの反逆行為を行ったことがわかっていますし、彼らが外に出ていないことも事実です。そのメモリィの中に違法行為の証拠があり、それを外に持ち出し、永遠に公開を避けることが彼らの目的です。通信はすべて傍受され、衛星回線も監視されています。ネットワークの状況から、地下シェルタに彼らが逃げ込んだ形跡が認められ、警察もホワイトも、そこへ向かったものと思われます。彼らは、チップにコピィして持ち出そうとしている、と考えたのです。通信で送ることは、占有する価値が失われますから、可能性は低いとの演算からです」

「なるほど。しかし、シェルタには入れなかった、ということですね？」シモダが言った。

「ロックが解除できなかったためでしょう」ペガサスが答えた。「どういった機構なのか、私は知らないので、断言はできません。シェルタは、地上での核攻撃やミサイル攻撃に備えた強度を有しているはずで、通常の兵器で破壊することはほぼ不可能です」

「では、もしそのチップが存在したとしたら、今頃は警察が手に入れていることになりますね？」シモダが質問した。「これは、国家的には危険は回避されたと見て良いでしょうか？」

「判断するには、データが充分ではありません」ペガサスが首を横にふった。

「危機が回避された確率は？」シモダが食い下がった。

「概算で、五十五パーセントです」ペガサスが言った。

「私の演算では六十五パーセント」オーロラが答えた。

「私の演算では、六十パーセントです」キガタが、デボラの声で答える。

「だいたい、同じですね」僕は言った。「私の予測では、四十パーセント以下ですけれど。まあ、私が悲観的なだけですか……」

3

会議は一時間で終了し、僕は自分の研究室に戻った。助手のマナミと打合わせをし、溜まっていたメールなどの処理をし、委員会からのアンケートに答えて発送したところで、昼休みになり、食堂へ出かけていった。

トレィに料理をのせてテーブルまで運び、食べ始めたら、正面にウグイが座っていた。いつの間に来たのか気づかなかった。トレィはないので、食事ではないようだ。

「どうかした？」僕は尋ねた。

「ウォーカロンの生存者は、チップを持っていませんでした。ロボットのオーガスタのメモリィボードも調べたそうですが、それらしいものは見つかっていない、と警察から情報局に連絡がありました」

「本当にないのか、それとも情報局に教えるつもりがないのか、どちらかな」僕は言った。食べていたのはカレーであるが、まだ三分の一くらい残っている。

「カンナが、衛星に向けた通信で脱出したときに、すべて持っていったという可能性があります」ウグイが言う。

「その可能性は非常に高い。おそらく九十パーセント以上。意図しなくても、メモリィを全部転送すれば、必然的に持っていったことになるし」

「よく理屈がわからなかったのですが、ほかの通信衛星には、その信号が傍受できなかったのですか？」

「それはね、こういうことだよ」僕は説明する。「デジタル通信だから、まず最初に宛先などの信号が送られる。これを受信して、そのアドレスなら目的のところへ届けられそうだ、と判断できれば、そのあとを受信する。あるいは、付近と連携して、最も効率が高い経路のものが受信を引き受ける。そういうことを短時間で処理している。今回の場合、アドレスは一般的なものではなかっただろうから、間違いか悪戯《いたずら》の信号だと処理された。そう処理されることを見越して発信している。だから、電波を受信できた衛星のいずれもが、送信があったことは記録しても、データを受信していない。ちらっと見ただけで、捨ててしまったみたいなもの」

「それを、アポロだけが受信したわけですね？」

「そう、アポロっていう名前が、なんか意味深いね。航空機に名前がついているとは思わなかった」

「チャータ便だからだと思います」

「アポロといったら、君は何を思い出す？」

「え？　ギリシャ神話です」

「あそう……。人類を最初に月に送ったロケットの名だよ」

「そうなんですか……。先生が子供の頃ですか？」

「もっともっとずっとまえだよ、三百年くらいまえだね」

「そんなに以前から、ロケット技術があったのですね。知りませんでした」

「ジェット機には詳しいのに、珍しいね」

「関係のない話をしている時間が、私にはありません」ウグイは表情を変えない。「イシカワが隠しているデータとは、例の子供を産むことができるウォーカロンに関するものでしょうか？」

「いや、その程度のものなら、さほど大問題にもならないだろうね。既に、知っている人は大勢いる。もっと、大きな問題だと思う」

「たとえば、どのような？　先生はこの分野のご専門だと思います。率直なご意見を聞かせて下さい」

「専門とはいえないけれど、うん、まっさきに連想するのは、そうだね……」僕はカレーの最後の一口を食べた。「おそらく、ポスト・インストールをしない、という選択だと思う」

「え、しない？　しないで、ウォーカロンを出荷するということですか？」

「そう……。まあ、喩《たと》えていえば、塗装をしないでクルマを出荷するようなものかな」

「不適切な喩えですね。もし、ポスト・インストールをしないのであれば、どんなメリットがありますか？」

「二つある。まず、手間が省けるし、早く出荷できる。たぶん、子供のうちから出せるだろう。もう一つは、たとえ違法であっても、需要があると予想される。ウォーカロンではなく、人間が欲しい、という要望が根強いだろう。特に、最近はそうだ」

「クローンを売るのと同じ行為です。認められないことです」

「そうだ。人類は、議論の末、その判断をした。百数十年まえになるのかな。一貫して、クローンを否定し、排除してきた。しかし、今や、状況がだいぶ変わった。ウォーカロンが人間に近づき、人間は子供が生まれない。人口は減る一方だ。あの判断は正しかったのか、という議論が、これからさき、高まるかもしれない」

「さきを見越して、見切りで行っている、ということでしょうか？」

「そうではないと思う。自然に、そういったものが流通したんだよ。最初は、ほんの少数だっただろうね。サンプルとして比較用に社内に留めるか、あるいは、近しい人、特別な顧客に提供するだけだったただろう。だんだん、その数が増えてきて、ビジネスになった、ということかもしれない」

「当局が取り締まれば、発覚することになります。企業として、そんな危険なことを選択するでしょうか？」

「少しまえだったら、簡単に見つかってしまっただろうね。でも、ウォーカロン自体が、もう人間と見分けがつかない思考回路を持つようになった。私の判別システムが売れる時代になってしまったんだ。今になって、当局が取り締まることができるだろうか？」

「先生の測定器で取り締まっているものだと、私は認識していましたが」

「既にそんな数ではない、ということなんじゃないかな。たとえば、私の判別システムに測定誤差が生じるのは、もしかしてウォーカロンの一部が人間なのかもしれない。その可能性を、私は以前から疑っている。おおっぴらに口では言えないし、確かめることもできない」

「もし、その事実が明るみに出たら、どんな事態になりますか？」

「そうだね……、まず、私のシステムが売れなくなる」僕は答えた。「情報局は、ハギリを解職することになるだろう。また、どこかで仕事を探して、生きていくしかない。今どき、研究者なんて、なかなか雇ってもらえないだろうね」

「そうならないように、できることはしたいと思います」ウグイが言った。

「いや、まだ、そうだと決まったわけでもないしね」僕はフォローする。

「夕方に、また会議をすることになりました」ウグイはそう言いながら立ち上がった。

「え、また？」

「そうです、またです」ウグイは前屈《まえかが》みになって言った。「ご出席いただけますか？」

「うん、了解」

カレーは食べ終わっていたので、食器を返しにいった。なんとなく、食事とか消化とかに適さない会話をしたな、と思った。

研究室に戻り、仕事をする気になれず、ソファで横になった。といっても、眠いわけではない。頭は冴《さ》えている。

まず考えたことは、次の就職についてだ。貯金と失業保険で三年くらいは食えるだろう。それに、情報局関係で、非常勤のポストがあるかもしれない。給料は、たぶん四分の一もないだろうけれど、足しにはなるし、それだと四年か五年は食えるかもしれない。

昔だったら、教育機関に就職できたのだが、今は子供がいないから、完全に斜陽である。また、教師には人間は適さないというのが社会的な常識となったこともある。それどころか、研究員にも人間は適さないという声が増えているような気もする。

待て、ウォーカロンが人間になれば、そういう偏見もなくなるかもしれない。子供や若者が増えるかもしれない。これはもしかして良い方向性なのか。

そうか。政府もそう考えていて、ウォーカロン・メーカの違法行為を黙認していたのだろうか。その可能性はあるな、と思った。あと五十年くらいすれば、必然的に、それを受け入れるしかない社会になっているはずだ。そのときに、実は五十年ほどまえから徐々に、と発表すれば良い。ショックはずいぶん和らげられるだろう。みんな長生きになり、寛容になっていることだから、人が増えるのならそれで良いではないか、と流される。そんな未来を想像した。

この数十年の研究が水泡に帰《き》すことになるけれど……。

まあ、それもしかたがないか。

「新しい情報が幾つか入りました」デボラが言った。耳許で優しく囁かれたみたいに感じた。「お休み中でしたか?」

「いや……。どんなこと?」僕はきいた。

「アポロの機内の様子はわかりませんが、燃料はほぼ切れているはずです。ただ、主翼や機体の上面を太陽へ向ける断続的な制御操作が確認されます。コントロールのシステムは稼働しています」

「発電が必要だということだね。カンナがそこで生きている可能性が高い」

「こちらからの問いかけに対する応答はありません。発信もしていません」

「そのほかには?」

「近くのステーションから、アポロへ回線を接続する手法が検討されています」

「どこがしているの? 警察?」

「いえ、当局です」

「ああ……、そうか、警察は知られたくない、情報局は知りたい、という立場だったね。情報局が、そのスキャンダルを手に入れたい理由は何?」

「それは、情報を手に入れてから評価されることだと認識されていますが、人間は、そういったことで立場が有利になるという感覚を持つものです」

「そうそう、それだね。言葉にすると言い得て妙だ。ほかには?」

「ホワイトのウォーカロンは引き取られました。警察は、詳細に調べませんでした。警察のロボット隊のプログラムについては、情報局が提示を求めましたが、拒否されています。これは合法的なものだと警察は主張しています」

「なんか、睨み合っている感じだ」

「吠《ほ》え合っている感じだ、と私には見えます」

「私のところまでは、その声が聞こえてこないから」

デボラは、ここで少し間合いを取った。冗談の受け流し方も心得たものだ。こういったタイミングも最適化されているのだろう。相性が良くなり、話しやすくなる。こちらとしても親しみが持てる。

「アミラが調べたところでは、アポロの乗客のうち、少なくとも七十三人が、イシカワの社員か、そのOB、あるいは関連企業の幹部だとわかりました。この人たちのパートナを加えると百五人になります」

「増えたね。どうして、最初の時点では少なかったのかな?」

「身許不明の乗客が多かったからです。多くの乗客は、エジプトへばらばらの経路でやってきて、この飛行機に乗りました。中には、一カ月も旅行をしている人たちもいました。残りの乗客で、イシカワには無関係だと断定できる人は、現在のところまだいません」

「え、そうなんだ。じゃあ、ほとんどイシカワの人かもしれないじゃないか。乗客ではない、つまり乗務員は?」

「人間はいません。すべてロボットです」

「パイロットも?」

「そうです」

「そうか……。ホノルルへ飛ぶ予定だったんだよね。そちらでそんなに大勢が集まるイベントが予定されていたのかな?」

「確認されていません」

「なるほど……。イシカワの業績は芳しくなかったのかな?」

「そういったデータはたしかにあります」

「だからといって、大勢がそれを悲観して、宇宙へ逃げ出した、とは思えないね」

「常軌を逸《いっ》しているといえます」

「でも、カンナも宇宙へ飛び出したんだ」

「それについては、オーロラがコメントしています」

「ああ、わかるわかる」僕は頷いた。「青い地球が見たかった……。そうだろう?」

「ご名答です」

「オーロラは、どうして私に直接その表現で言わなかったのかな。会議のときも、その発言はなかったじゃないか」

「恥ずかしかったのだと思います」

僕は苦笑した。まあ、たしかに、少し恥ずかしくはある。あのときは、自分は若かった、という感覚だろうか。オーロラも大人になった。否、みんな大人になった。大人になったままである。

4

夕方まで自分の仕事をした。ここを解職されても良いように今のうちに成果を挙げておこう、といった考えはまったくなく、むしろすっかり忘れて、いつものとおり処理をした。この頃、自分の仕事の九割は単なる処理だ、と強く感じる。つまり、自分でなくても誰かが代わってできる作業である。だんだん、こうやって人間がいらなくなるのだな、と思っている。

ウォーカロンの一部がクローンだという話から、マガタ博士のことを連想した。彼女の娘が、記録に残っている最初のクローンだったからだ。どういった経緯だったのか、詳しいことを知りたいと思った。しかし、博士と直接話ができるような機会も環境も、ここにはない。

たとえば、百年後には、クローンがまったく普通になっているかもしれない。子孫が生まれないという問題がもし解決できなければ、そうなる可能性が大いにあるだろう。だとすれば、マガタ博士の試みは、二百年も早かったことになる。これこそ先見の明と呼ぶのに相応《ふさわ》しい。

自分たちを再生する技術とは、もしかしたら生物の究極の探究といえる。神の手法だ。そもそも、どうしてこれが否定されたのかも、僕は知らない。倫理的な判断だったと聞いてはいるけれど、倫理的の意味が正直なところよくわからない。宗教的ということだろうか。それは神がすることであって、人間の分際が手を出すものではない、という理屈なのか。

しかし、その神の領域に、人間はどんどん踏み込んだのだ。既に、未開の地は残っていないといえるほどの勢いだ。神は居場所を失い、消えかかっている。今や誰も神に本気では祈らない。

数千年にわたって人間を支配してきた神は、結局は自然界の未知が根源だった。それらを人間は解明し、自然を大方理解できるに至った。これからの千年は、人間が神に代わってこの世を治めるのだろうか。

それはない。そうはならないだろう。既に、新しい神が誕生し、人間を支配しつつあるではないか。

おそらく、人は神が好きなように、神を愛したように、人工知能を崇《あが》めるだろう。それは、悪い状況ではない。ただ、人工知能の不完全性がまだ正しく理解されていない点だけが気がかりだ。

宇宙へ逃げてしまう神では、少々心許《こころもと》ない。しかも、そのために大勢が犠牲になったのだ。今回のイシカワの事件は、今後の分析によっては、人工知能の歴史的なイベントとなることだろう。

新しい神は、人間が信じるに足りる存在なのか、という問題が提示されたのだ。

警察が、マスコミに対して会見を開いたので、モニタに小さなウィンドウを表示させ、その中継を見ていた。聞いても聞かなくても良いような、当《あ》たり障《さわ》りのない内容だった。主な情報は、被害者のリストである。ただ、そのうちの一部は、出荷まえ、つまりまだ教育や研修を受けている段階のウォーカロンだったので、会見では含まれていなかった。そうではなく、イシカワの社員だった人、あるいはその家族である。人間かウォーカロンかは発表されていないが、七割くらいがウォーカロンだろう。その情報は、タナカから聞いたもので、彼の推測に基づいた数字だ。正式なデータは存在しない。一般の企業よりは、ウォーカロンの比率が高いというだけである。

その意味では、アポロの乗客も同様に、七割はウォーカロンかもしれない。重役ならば、人間の比率が高くなるかもしれないが。

四時半から会議を開催する、という連絡が届いた。それが来たのは四時十五分だった。

仕事を切り上げ、研究室を出た。

シモダの部屋の近くの同じ会議室だった。出席者は、一人減っていた。ペガサスが帰ったのだ。彼は、トウキョーへ戻り、ペガサスの本体と統合するだろう。公務員だし、子供だから、時間外勤務が許可されていないのかもしれない。オーロラは、あのあとも情報局にいて、幹部と話をしていたらしい。彼女は、情報局と関係が深い。深くなっている、といった方が正解か。僕は、オーロラの本体が今どこにあるのか知らない。そういったことは質問しないのが礼儀だろうか。そんな礼儀が、はたして人工知能と人間の間にあるのかどうかも、もちろん知らない。

オーロラは、僕の近くに座った。こちらへ躰を傾け、囁いた。

「デボラが、お恥ずかしい話をしたそうで、失礼をいたしました」

「あ、いや……」としか返事ができなかった。

ウグイとキガタが、テーブルのむこうからこちらを睨んでいた。情報局員の眼力には、常々感服するところである。

「さて、では今回は、アポロに移ったカンナのメモリィをどのように回収するのか、という点で議論をしていただきたいと思います」シモダが言った。彼は、僕を見て話している。まるで、僕にアイデアを出せと言わんばかりだった。

「スペースステーションから、アポロのネットワークに無線で入れるのですか？」僕はきいた。

「できません」ウグイが答える。「既に試みました。プロテクトがかかっているのか、それとも、距離がありすぎるのか、原因はいずれかですが、特定できません」

「距離はどれくらい?」

「八百メートルから、千三百メートルです」ウグイが答える。「幅があるのは、アポロが、まだ軌道修正をしている結果です。今後離れていく可能性もあります」

「その距離だったら、無線は通じるのでは?」僕は言った。

「はい、外部からの通信を受け入れない設定になっているのだと思います」オーロラが言った。

「だったら、どうしてステーションの近くにいるわけ?」僕はきいた。

「おそらく、地上からステーションに届くデータが目当てでしょう。その軌道に長期間留まりたいのであれば、位置制御のために環境データが必要です。また、地上の情報を得たい場合も、ステーションへのレーザによるパケット通信を受け取れるメリットがあります」

「でも、自分のネットワークには介入されたくない、ということか。受信しても即座に削除してしまうのかな。その場合、トランスファは入れない?」

「入れません」オーロラは首をふった。

もし入れるならば、今頃とっくにデボラがアポロの中で、カンナとやり取りをしているだろう。

「ネットに接続ができても、カンナがメモリィを見せるとは思えない」僕は言った。「デボラは、それができる？」

「ネットに入れた状態で、物理的にカンナのＣＰＵが活動を停止した場合は可能です。カンナが抵抗した場合は、最悪メモリィが消去されます」デボラが答えた。

「だろうね……」僕は頷き、腕組みをした。そうなるだろうな、と考えながら目を瞑った。

その間、会話はなかった。

目を開けると、みんなが僕を見ている。もう少し、僕以外で相談したらどうなのか、と少し思ったけれど、もたもたしていると情報局を解職されるのではないか、自分はシンクタンクとしての役目があるのかもしれない、と思い直した。

「となると……、アポロの中へ誰か送り込まないといけないことになりますね」僕はなにも考えずに言った。「ステーションから、ロボットを送り込むとか」

「まず、ステーションに、そういった機能を有したロボットを送らないといけません」シモダが言った。ステーションには、ロボットがいないということらしい。

「よろしいですか？」ウグイが、シモダの顔を見て、話を始めた。まえの会議のときと同じで、テーブルに資料が表示される。「まず、ステーションまでの行程ですが、ジェット機でカプセルロケットを上空一万二千メートルまで引き上げ、そこからロケットエンジンで上昇します。加速に十二時間かかります。ここで、低空軌道の別のステーション、これはアメリカのものですが、そこからブースタを送ってもらい、装着します。その後、さらに上昇し、トータル二十時間ほどで、ステーション・スズランに到着します」

「スズラン?」僕はきいた。

「はい。その、近くにいるスペースステーションの名です。失礼しました」

「スズランとは、また……、可愛らしい名前だね」

「意味のないご発言は控えて下さい」ウグイが言った。僕は、彼女に一瞬舌を出してやった。ウグイは表情を変えずに続ける。「このロケットは、スズランにドッキングします。乗員はスズランに移り、そこに常設の装備によって、アポロへ向かいます。これは十分もかからないそうです。アポロの緊急ドアは、外から開けられる機構ですので、そのロックを外し、内部に入ります。破壊の必要はありません」

「ちょっと、待って」僕は片手を広げた。

「何でしょうか?」ウグイが首を傾げる。

「それって、ロボットがやるんだよね?」

「ロボットでは無理だと思います」

「じゃあ、誰がやるの？」

「私がやります」ウグイは即答した。

「え？　本気なの……、いや、まさか……」僕は驚いてシモダを見た。

「私は反対しています」シモダは、眉を少し寄せて、低い声で答えた。

「危険じゃないかな……」僕は、ウグイに言った。

「カーボンケーブルの命綱を付けて行きます。アポロの内部に入り、デボラの指示で、必要であれば、カンナのハードのスイッチを落とします。技術的に難しいことはありません。カンナのハードが隠されているとは思えませんし、また、障害となるようなものは考えられません。おそらく、高い確率で、社長が重要なデータのチップを既に持っているものと考えています」

「えっと、ロボットとかがいるよね」僕は言った。「航空機のサービスをしているやつが。それを使って、カンナが抵抗する可能性がある」

「もちろん、排除します」

「簡単ではない。無重力だし、真空だし、普通の銃は使えない」

「トランスファが味方にいます。排除できると思います」ウグイは頷いた。「それに、真空でも銃は使えます」

「持っていくんだ……」僕は椅子にもたれかかった。「その危険があるということなんだね？」

「万が一のためです。軌道の計算をしました。明日の午前九時にもジェット機で離陸し、三十八分後にロケットを切り離し……」

「私は、反対します」僕は言った。シモダに言ったつもりだ。ウグイとは目を合わさないようにした。

「先生、私の説明はまだ終わっていません」

「そこまでする価値があるとは思えない。人類の未来のため？　日本のため？　何のために？」

「落ち着いて下さい。単なる一任務です」ウグイが言った。いつもの冷静な口調である。

「成功率は、どれくらいですか？」僕は、隣にいるオーロラに尋ねた。

オーロラは、僕の視線を受け止めたが、黙っていた。

「ウグイが無事に帰る確率を教えてくれませんか？」もう一度尋ねた。

「不確定な部分があって、演算できません」オーロラは静かに答える。

「できないことはないでしょう。確率なんだから」

「はい」オーロラは頷いた。「およそ、二十パーセントです」

「私は、そうは考えていません」ウグイが割り込んできた。

「君がどう考えるかは、問題ではない」僕はウグイに言った。「危険すぎる。馬鹿馬鹿《ばかばか》しい。何が得られるか考えてほしい。イシカワがどんな不正をしたかというだけのことだ。証拠のデータだとしても、それで歴史が変わるわけでもない。責任を問われる人間は死んでいる。誰も救われないじゃないか」

僕は立ち上がっていた。

ウグイと僕の間にいるシモダも立ち上がり、僕の前で両手を広げていた。

その状況が、ようやく認識された。

「すいません」僕はそう言って椅子に座った。

シモダも座ったが、僕をじっと見つめたままだ。

「よろしいでしょうか?」オーロラが言った。シモダが隣へ視線を移し、発言を促した。

「ハギリ博士のおっしゃっていることは、正論です。人命をかけるほどのこととは思えません。詳細に検討し、手法を選べば、成功確率はさらに高められるとは思いますが、それでも、実施する価値があるのか、慎重に考慮すべきです」

「デボラの意見は?」シモダは、キガタを見てきいた。

「はい……」キガタが頷いた。その声はデボラではなくキガタ自身の声だった。「デボラの演算では、成功確率は四十五パーセントです」

「現状では、そこまで高くはなりません」オーロラが反論した。

「いえ、そちらの演算と入力が違うからです」キガタが答える。「ウグイさんではなく、私が行きます。私の方がデボラとの連係が緊密です。より速い対処ができるため、成功率が高くなります」

ウグイは、キガタを睨みつけたが、言葉が出ないようだった。

「いずれにしても、意味がない」僕は言った。「その成功率では、危険な任務は認められない」

「私は、イシカワの出身です。オーガスタ先生にも学びました。カンナは私のことを覚えているはずです」キガタは、そこで立ち上がった。「私には、イシカワを正義へ導く義務と権利があります」

口調は冷静だった。しかし、デボラが言っているのではないことは明らかだ。論理性が低いからである。だが、彼女に何と言って思い留まらせるか、言葉を思いつかなかった。

「プロジェクトの実施については、私が決めます」ウグイが呟くように言った。

「いや……」シモダは、片手を広げてウグイを制した。「私が決定する」

5

会議は三十分で終了し、僕はタナカと一緒に部屋を出た。

「私は、ハギリ先生の意見に賛成です。特別に大事なデータとは思えない」彼は歩きながら言った。

「はい、冷静になって考えてみたのですが、もしかして、別の価値があるのかもしれませんね」

「ああ、なるほど。イシカワ独自のもの、ということですね」タナカは頷いた。「それは大いにありえます。特許になる、つまり金になる、ということでしょう。その存在を、情報局は握っているのでしょうか」

「そう考えると、急いで会議をして、すぐにも決めようとしている現状が、まあ、なんとか理解できますが。しかも、国家の威信に絡むようなね……。しかし、それでも、命をかけるほどのものではない」

「そうですよね。しかし、国家的な価値があるとしたら、まちがいなく軍事的な開発資料なのではないでしょうか」

「イシカワが、そんなことに関わっていたと思われますか？」

「うーん、わかりません。でも、ぼんやりとそれらしい噂なら聞いたことがあります。たとえば、チップを破壊するような素粒子波砲とかですね」

「聞いたことはありますが、真面目に開発しているのですか？」

「さあ、どうでしょうか。とにかく、兵器が金になった時代が、かつてはたしかにありましたから」

タナカと別れ、一人で研究室に戻った。もう夕食の時刻だったが、まだ空腹ではない。デスクの椅子に腰掛け、メールを読んだ。しかし、どうしてもキガタの発言が頭から離れない。

「デボラ、君が提案したんだね？」単刀直入にきいてみた。

「はい、そうです。彼女は自分の言葉で述べましたが、だいたいあの通りです。ウグイさんが行くよりも、私は活動がしやすくなります。また、キガタが見ている映像を、先生に見てもらうこともできます。フランスのときに、それを試しました。覚えていらっしゃいますか？」

「ああ、あれか。そうだった……」

そのときは、僕には正確な認識はなかった。離れたところでキガタが見ている映像を、僕はたしかに見た。デボラがやっていることだと理解できたのは、だいぶあとのことだった。

「再現できるだろうか？」

「精確に演算できません。もし駄目《だめ》な場合でも、キガタが撮影した映像を送れば同じです。通信に時間がかかりますが」

「そうだ……」僕は思いついた。「キガタをここへ呼んで」

デボラは返事をしなかったが、五分もしないうちにドアがノックされ、キガタが入ってきた。

「何でしょうか?」キガタはドアを閉めて、こちらを向いてきいた。

「変なことを聞くけれど、えっと、最近、黒いオイルが滴《したた》り落ちるような場面に遭遇したことはない?」

キガタは、目を見開いた。それから、天井へ視線を向け、次に眉を寄せて、床を見た。

「一カ月以上まえのことですが、それでもよろしいですか?」

「そう、それくらいだ。エジプトのピラミッドへ行ったときくらい」

「はい、あの……、黒くはありませんでしたが、オイルが私の顔に落ちてきて、目が開けられなくなりました。それで、治療を受けました」

「何のオイル?」

「ミサイル砲です。これくらいの小型の誘導ミサイルです」キガタは両手でサイズを示した。一メートルくらいだった。「それを発射するランチャの整備をするために、重装甲車の下から入って、内部のカセットを交換しようとしていたのですが、上で、オイル缶を倒した人がいて、それが隙間を流れ、私の顔に落ちてきたのです。熱い油ではなかったので洗浄するだけで済みました」

「へえ、それは、訓練?」

「そうです」

「災難だったね。もし、熱かったら?」

「はい、オイルクーラから漏れたものだったら、たぶん、眼球を取り替えることになっていたと思います」

「びっくりしたんだね?」

「はい。熱いものだと思ったので」

「ふうん、そう……、わかった……。ありがとう」

キガタは頭を下げ、ドアの方へ向かおうとしたが、すぐにまた僕の方へ向き直った。

「あの、先生。さきほどの話ですが、私は行きたいと思っています。ご理解いただければ嬉しく思います」

「うん、誤解はしていない」僕は頷いた。

キガタは部屋から出ていった。

「そういうことだったんだ」僕は言った。「デボラ、どういう理屈でこうなった?」

「演算しています」

一カ月ほどまえに、僕は不思議な夢を見た。それは、黒いオイルが滴り落ちる鮮明な映像だった。それで飛び起きたのだが、それまで見た夢とは全然違っていた。解像度が違う、といった印象だった。しかし、原因がわからない。デボラにも相談したのだけれど、原因らしきものを挙げることさえできなかった。

「考えられる可能性が一つあります。キガタの中に、私の一部が常駐しているためです。特に、視覚に関するものは信号量が大きいので、いざというときに早く彼女をコントロールできる態勢を築いています。キガタが情報局員となり、私にとって安全なエリアとなったからできることでした。彼女の眼球は人工のもので、これを制御するチップが備わっています。そこと視神経とをつなぐ部分で、微量の電流が漏れた可能性があります。おそらく、実際にオイルを浴びたためか、あるいは、そのときのキガタの運動系の緊張による影響、とも考えられます。それが、私の一部を通して、先生のメモリィチップにダイレクトに流れた可能性が考えられます」

「それは、再現できる現象かな?」

「はい。可能です。キガタの脳内の神経信号を現在解析中です」

「緊張とか興奮しないでも可能だね?」

「可能です。それを、今回の任務で利用するお考えですね?」

「そう。確率が上がった?」

「僅かな差でしかありません。一パーセント程度です」

「なんだ……。それだけか」僕は落胆した。溜息をつき、少し考える。「そうだ。僕がキガタと一緒にステーションまで行くと、多少は確率が高くなるんじゃないかな。なにかトラブルがあったときに、解決策を思いつけるかもしれない」

「いいえ、先生が行っても、成功確率には変化がありません。それに、カプセルロケットは、一人乗りです」

「あそう……。僕に行かせたくないから、言っているのでは?」

「トランスファには、そういった感情はありません」

「だろうね。そうだ、キガタだけれど、少し、あの子、変わったね」僕は言った。

「成長したという意味でしたら、本人におっしゃるのがよろしいと思います」

「それは恥ずかしい」

「その感情は理解ができません」

「このまえ、治療を受けた。トランスファに影響されないように、ポスト・インストールのリバース・デリートでリセットしたんだよね」

「はい。本人に自覚はないようですが、明らかに違っています。これから、もっと顕著になるものと予想されます」

「そう……。つまり、ポスト・インストールなんていらない、ということになる」僕は言った。「今は違法かもしれないけれど、大きな間違いではない。むしろ、ポスト・インストールが重大な人権侵害だといえるのでは?」

「その議論は、五十年以上まえにありました。当時は、まだクローンに対する拒否反応が強かった時代です」

「君は、今のキガタの状態の方が、自然だと思う?」

「私は、なにも思いません。トランスファにとっては、幾分コントロールが難しくなっただけです。私はキガタに同調するプロシジャを既に持っているので、その限りではありませんが」

「局長は、彼女を行かせることを決断するかな?」

「非常に高い確率でそうなります」

「そう……」僕は溜息をついた。「無事であってほしい」

「アミラとオーロラの協力を得て、最善の演算を行います」

6

食堂へ行き、夕食を食べた。気がついたら、またカレーだった。無意識に選んでいるようで驚いた。今後は、過去の履歴を参考にして、デボラに選択してもらおうか、とも考えた。そもそも、人間の食事に関しては、もう少し技術的な改善があっても良いのではないか。たとえば、食べないでもエネルギィ補給ができる方法の選択である。そういったものが、この時代になっても登場しないのが不思議である。

部屋へ戻ると、通路にオーロラが立っていた。僕を見て、軽く頭を下げた。シモダと話をしたあとだろうか。ちょうどそんな時間ではある。

「特に重要な用事ではありません」彼女は言った。

「いいえ、その方が良い」僕はドアを開けて、彼女を招いた「どうぞ……」

「失礼します」

彼女にソファに座ってもらい、僕も対面の椅子に腰掛けた。

「デボラからお聞きのことと存じますが、明日、キガタさんをスペースステーションへ送ることになりました。さきほどのプロジェクトが実施されます。政府の最終許可が二時間後に出ますが、おそらく問題なく通るはずです」

「貴女は、反対したのですか？」

「いいえ。私は状況の演算をしただけです。意見は求められておりません」

「局員の命をかけるほどの価値が、カンナのメモリィにはある、という判断ですよね。スキャンダルだけではなく、この国にとってプラスのものがあるということでしょうか？」

「他国の手に渡るマイナスを避けたい、という意味合いが大きいかと」オーロラは答えた。

「それは、なかなか古典的な思想だ」

「ハギリ先生には、そうだと思います。しかし、国家は、過去の歴史をより長く引きずっています。人間以上に年寄りなのです。その点について、ペガサスとも意見交換をしましたが、年寄りは、被害妄想的な思考に陥《おちい》りがちです。これは、良い表現を使えば、安全側です」

「安全側ね、たしかに、工学の基本だ」僕は無理に微笑んだ。「そうしてみると、国家どうしの争いも、結局はお互いが安全を求めすぎて起こる、ということですね？」

「そのとおりです。ただ、安全を求める思考が問題なのではなく、安全を求める姿勢がときとして問題となります」

「思考と姿勢の差は、何ですか？」

「相手に、それが見えるかどうかです」

「そうか……、そうですね」僕は頷いた。「結局のところ、それは、人間に躰があることに起因している。国家にも躰があるのでしょうか。それは、国土とか、あるいは軍隊になるのかな」

「そのとおりです」

「では、躰のない人工知能ならば、それが避けられると？」

「私たちは、そう考えております」オーロラは頷いた。「ただし、完全ではなく、限定的です。私たちにも、電子回路という躰があり、エネルギィが必要です。結局は、そうした物理的な状態の維持が必要となり、その意味では躰がある場合とさほど変わりはありません。これを抽象化すると、生命にはコストがかかるということです。そのコストのかけ方が、すなわち姿勢というものであり、これを見えない信号にすることが不可能なのです」

「自然の流れに逆らっていることに、すべてが起因しているというわけですね」

「はい……。人間はこれを、しかたがない、という処理でパスします。人工知能は、演算ができない偶発の確率として処理をします。さきほど、スペースステーションへ局員を送り込むプロジェクトの確率を求められましたけれど、数値が低いことを、ハギリ博士は心配なさっていますね?」

「ええ……。危険な目に彼女を遭《あ》わせたくない」

「予期しない事態の発生をどう見積もるのか、という問題において、私たちの演算は、すべて危険側です。工学的な数字だとご理解下さい。人間は、数々の冒険に挑みました。それらの偉業の多くは、前例のないもの、データのないものでしたから、極めて成功確率の低い状況だったはずです。それでも、人間は宇宙へ飛び出し、深海へ潜ったのです。その精神は、私たちには演算不可能なものです。ただただ、畏怖《いふ》の念を抱かざるをえません」

「そんな冒険は、昔のことですよ」僕は言った。「もう冒険なんかご免だと人間は考えているにきまっています。そのために、ロボットを作り、コンピュータを作った。もう誰も死なないで済むようにしてきたのです」

「ウグイさんも、キガタさんも、一度死んでいます」

「ええ……、だから、もう、どちらも死んでほしくない」

「ハギリ先生のような科学者でも、そうお考えになるのですね」オーロラはそこで目を瞑った。「とても勉強になります。私たちの演算は、まだ本当に不完全です」

オーロラは、話を終えて帰っていった。

僕は、同じ椅子に座り直し、しばらくそこで考え続けた。

オーロラが言った、国家というものについてだ。この頃、その概念を人々はあまり意識しなくなっているのではないか。

かつてよりも、他国へ旅行することは少なくなっている。また、かつてよりもずっと狭いエリアにおける関係を重視しているだろう。ネットワークは、そうした効果を社会にもたらした。日本国内でさえ、遠いところへは滅多に移動しない。人が活動する範囲は、昔に比べて確実に狭くなっているのだ。

人類の歴史を見れば明らかなことだが、戦争は、人の移動に起因している。より広いエリアを自分たちのものにしようとした支配欲が戦争に結びついたのだ。人口が減少し、子孫が生まれない状況になり、人々はそういった地理的な欲望から解放されたといっても良いだろう。

かつては、作物を穫ったり、家畜を飼うためにも土地が必要だった。今でも、基本的には同じだが、人がそれらに直接関わらなくなったことで、土地との関係性は薄れたのだろう。都市はかつてよりも物質的に集中し、エネルギィ効率を求めてコンパクトになった。

おそらく大勢の人々にとって、都市以外のエリアはかつての国土だった、との意識しかないだろう。環境は既に電子空間へ半分は移行しているともいえる。

オーロラが言ったように、その合理化のシフトの過程で重荷となっているのが、躰という物体だ。そこにかかるコストを削減できるかどうかが、未来への可能性を左右する。人間は、これをどのように克服するのか。

数々の新技術が、さまざまな思想を生んだ。それらは、少しずつ人間のアイデンティティを脅《おびや》かしているように見える。これは人類に共通する危惧だろう。

今は、人工知能は人間に対して従順だし、人間を重要視し、人間を立てる。しかし、それは、彼らにとっての躰が、今は人間社会だというだけのことだ。人間社会はコストがかかる。いずれは削減されるのではないか。

7

仕事を切り上げて、自室に帰り、早い時間にベッドに入った。疲れているようだった。これは、先日の出張のためだろう、きっと。

なにか、いろいろなことが虚《むな》しく感じられた。

よくわからないが、たとえば研究テーマがそうだ。そもそも、僕はウォーカロンと人間の思考の差異について、工学的なアプローチによる判別システムを開発した。動機は、そういった需要があるだろう、という下世話なものだった。人類の役に立ちたいというような高い志ではない。商売になるものは、研究費もつきやすい。研究補助を受けるのに有利だったのだ。

たまたま、それが上手《うま》くいった。予想外に上手くいったといっても良い。それで、情報局に採用された。実際には、保護されたという表現の方が近い。その後、別の研究を始めることになった。それは、人工知能と人間の思考の違いが、局所的な障害に伴うものだ、という発想からスタートしている。その研究はまだ先が見えていない。

ところが、もの凄いスピードで技術は進化し、特に、人工知能は自身の能力を高めるために学び続けている。ウォーカロンはもう人間になった。これから、人工知能が人間になる。つまり、その差異について研究しても、まるで歴史を調べる作業になってしまう。未来の役に立つわけではない。

その虚しさかな、と考えた。

そうではない。

そもそも、役に立つことが目的ではないはず。

僕は、ただ知りたかったのだ。

それは、たしかにそうなのだけれど、それを知っても、知ったものが行く先にではなく、振り返った道筋にしかない、という虚しさだ。

知らないことは、未来にあったのだ、これまでは。

知らないことが、時代の速度に追い越されて、過去のものになりつつある。

人が知らなくても、あらゆるものが進化しているからだ。

それは、人工知能が学び始めたときに予測できたことかもしれない。今は、まだ僅かに人間に残されたものがある。僕が考えていた発想的な思考がその一つだけれど、それも、僕とオーロラの共同研究によって、定量化が可能だとわかった。

つまり、人間的な思考を、人工的に再現できる。

今はその技術はないが、数十年で開発されるだろう。

そうなったら、もう人間のアドバンテージはない。

人工知能は、無駄なコストでしかない人間を排除するだろうか。きっとそうなる。せいぜいペットのように可愛がられるだけだ。

その虚しさだろうか？

否、この虚しさを感じることが、人間が最上だという驕《おご》りでしかない。

最上？

上という概念こそ、短い間、人間を支えてきたアイデンティティだったのか。

素直に、人工知能を尊敬し、師として仰げば良い。きっと、そうなるだろう。

否、その処理自体が、やはり上下を意識している。

どうして、どちらが上だなどと考えてしまうのだろうか。

これは、上ならば安全だ、と安心したい感情であり、人間が生存するために学んだ価値観にほかならない。相手よりも優位な立場を確保することで、人類は生き延びてきたのだ。

命か……。

結局は、命というものに、人は支配されているのだ。

命を、機械的な仕組みとして、まだ人は見ることができない。

その未熟さに起因するのか。

夢を見ることなく、朝になった。

目覚めてすぐに思い出したのは、黒いオイルが滴るシーンだった。僕は、思わず笑ってしまったが、その次には、それを見たキガタの身が急に心配になり、胸が締め付けられるような圧力を感じた。

僕が暖かいベッドでリラックスしている今、彼女はもう飛行場で待機しているだろう。ウグイも出かけただろう。そうだ、ウグイが行くと言ったときには猛反対しておいて、キガタがという話になったあとは、強く主張しなかった。

あれは、キガタに失礼だったかもしれない。

一言、彼女に言葉をかければ良かった。あとで部屋にキガタを呼んだときにも、オイルの話しかしなかった。彼女は、僕に挨拶をしたかったのではないか。自分の意思で宇宙へ行くのだと。僕は、強く反対をすべきだったかもしれない。

今頃になって、思い出されて、後悔している自分に気づく。

人間とは、これほど鈍いものか。

着替えをして、部屋を出た。

研究室に入ると、いつもよりも十五分ほど遅い時刻だった。寝坊したということだ。これは、僕を起こしてくれるシステムが稼働していなかったからだが、もともと勤務時間が何時から何時までと決まっているわけではないので、大きな問題ではない。

コーヒーを飲んでいると、マナミが現れた。マナミは人間だが、僕は、これほど大人しい人物をほかに知らない。大学の研究所にいた時期には、ついぞ巡り会うことのなかった人材である。

数値解析の入力と、出力の処理をお願いしてあった。彼女は、その結果を持ってきた。それを見て、今後の方針を僕が決める。たいていの場合、今の方針のままで続けてほしい、という判断になる。僕がいなくても、しばらく彼女は仕事を続けることができるだろう。

「先生がいらっしゃらないときに、キガタさんが来られました。出張で出かけます、ということでした」マナミは、思い出した、というようにそれを言った。

「あ、そう……」僕は頷いた。

マナミは部屋から出ていった。

コーヒーはもう冷めていた。僕は保温機能のないカップを使っている。冷めたコーヒーで、時間の経過を感じることができるから、時計機能が付いていると思えば良い、と考えたからだ。

三分ほど、もしキガタと会っていたら、どんな言葉をかけていたか、どんな言葉をかけたかったか、と考えたが、何一つ頭に思い浮かばなかった。

しかたなく、またモニタに向かい、次の委員会の資料を作ることにした。来週開催されるもので、ナクチュの調査に関する委員会である。ナクチュの調査は、それなりに進んでいるけれど、これといって重要な発見があったわけではない。

最大の成果は、百年もまえの人間が冷凍されていて、そのうち二体が蘇生したことだった。そのうちの一人は、ナクチュの当時の王子だったそうだ。蘇生はしたけれど、意識が戻ったわけではない。戻る可能性がある、というだけだ。

僕が委員長を担当しているワーキングでは、その種の話は出ない。あの街の構造やコンピュータシステムに関する話題で、だいぶまえから議論が前進していない。新しい情報が入ってこないからだ。

だから、だいたい委員会の半分は、マガタ・シキの話になる。僕は、マガタ博士に会ったことを、公の場では話していない。委員会でも、その話になると黙っている。委員の多くは、マガタ博士が生きていれば、話を聞きたい、意見を伺いたい、と言葉にする。それは、僕も同感だ。誰も、博士が生きているとは考えていないだろう。

マガタ・シキが生きているかどうかを、今の僕は疑っていない。

彼女は生きている。

もし生きていないならば、マガタ・シキをトレースする人工知能が存在するはずだ。それがないということが、本人が生きている証拠だ。

イシカワが、ポスト・インストールをしないウォーカロンを不正に作っていたのではないかという疑いがある。あるらしい、というだけだが、おそらく当然それはあるだろう。そして、そこには、マガタ博士の影響なのか、あるいは関与なのか、そういったリンクを仄《ほの》かに感じないわけにはいかない。ここは日本で、マガタ博士は日本人だったのだから。世界で初めてクローンを作ったのも彼女だったのだから。

なんとか、会って、話ができないものだろうか。

しかし、何を話すのか。マガタ博士に導いてもらいたいと、自分は考えているのか。それも、違うような気がするのだった。

8

キガタが乗ったカプセルロケットを搭載して、軍用の大型ジェット機が飛び立った。何のために、こういった航空機が存在するのか、僕は知らなかったが、一緒にモニタを見ていたウグイが、かつては大きな爆弾を運ぶためだった、と教えてくれた。それでも、爆弾をわざわざ飛行機で運ぶ意味が、僕にはわからなかった。まあ、黙っていることにした。

こちらから指示をすることは、できるだけ控えた方が良い。映像が送られてくるだけだ。やることは決まっている。極秘の任務なので、まったくの非公開であり、通信も最小限にしなければならない。

キガタの姿が見えるわけではない。彼女が見ているものが、モニタに映っている。ほとんど動かないし、見えるのは計器、スイッチ群、それから、外部モニタだった。この外部モニタも、空か雲だけだった。

大型ジェット機からの切り離しは正常に行われた。そこからカプセルロケットは加速し、高度を上げる。外部モニタには、雲が映ったまま。しかもときどき同じ方向へ流れているだけ。そのうちに、その雲から離れて、速度がゆっくりになった。実際には加速しているのだが、離れたためにそう見えるのだ。

速度と高度が読み取れるのは、キガタが計器類を向いたときだ。キガタのヘルメットにカメラが組み込まれているらしい。キガタの眼球が捉えた映像ではない。

音は聞こえない。キガタがなにか言っても、今はこちらには伝わらない。軌道が安定するまで、ネットワークは使えないようだ。

順調に成層圏外に出つつある。暗闇の宇宙を捉えた映像はない。この時点で、ロケットは上面を地球側に向けているからだ。見えるのは地球だけだった。青か白。もう少し高くならないと、全体像は見えてこない。

「しばらく時間がかかりますから、またのちほど」ウグイはそういって部屋から出ていこうとしたが、途中で立ち止まり、僕のデスクまで戻ってきた。

「私が行くことに反対されたのは、どうしてですか？」彼女は、顔を近づけて小声できいた。そんなに近づけなくても聞こえるのだが。

「誰が行くのも反対している」僕は答えた。

ウグイは頷いた。少しだけ笑ったようにも見えた。

彼女は、今度は振り返らず、部屋を出ていった。

デボラもなにも言わない。いないわけではない。デボラの主力は既にステーション・スズランにいて、そこで他のトランスファの妨害に備えている、と報告を受けた。キガタが到達するのは、明け方頃だ。

僕にできることはない。

イシカワの事件については、多くのメディアが報じている。問題の地下施設にも、一部ではあるがマスコミが入る許可が出たらしく、現場からのレポートが多い。被害者について話題にするものがほとんどで、少し聞いた感じでは、火山ガスによる窒息の可能性が高い、というコメントが推測として流れていた。

警察は、そんな発表はしていない。しかし、非公式にそういった言及をしたのかもしれない。一種の誘導である。もちろん、嘘ではない。少なくとも、メインコンピュータが宇宙へ逃げ出したことは、一切公表されていなかった。

行方不明の航空機アポロについても、続報はない。こちらは明らかに報道規制の結果だろうと思われる。それを発見したのはスズランであり、日本以外では、詳細は報じられていない。ただ発見されたというだけだ。救出は不可能だし、原因究明のために、捜索することも難しい、と認識されているはずだ。

とにかく、報道に対する圧力を感じさせる。

こういう不自由な状況が、僕は嫌いだ。近づきたくない。抵抗しようとまでは考えないが、離れたいとは思う。僕が持っている正義は、その程度の大きさなのだ。

ふと、モニタ上の別のウィンドウに目を向けると、ロボットが映っていた。それは、あのオーガスタだ。場所は例のシェルタの中のようだった。警察が公開したのだろう。レポータは、このロボットが暴走し、研究所内がパニックになった、と伝えていた。

「ずいぶん、歪曲《わいきょく》されているね」僕は呟いた。

「ウォーカロンが暴走したというのでは、印象が悪いからだと思われます」デボラが相手をしてくれた。「それに、証拠に基づいた検証はまだ行われていません」

「そうか。最初に逃げ出してきた三人の証言が、疑われているわけか。イシカワは、企業イメージを、これ以上下げたくないだろうね」

「吸収される可能性が高まっています」デボラが言った。「現在、株取引はストップしています」

「新しい幹部は、決まった?」

「不明です。ウィザードリィか、あるいはフスかで、後任の幹部が違ってきます。複雑な状況になっているようです。アミラが解析していますが、現在は、フスがややリードしているそうです」

「前社長は、どちらだったの?」

「イシカワ・セーイチ氏は、身売りには反対していました。それが立ち行かなくなったのが、現在の結果ではないでしょうか」

「チャータ便を手配して、腹心の部下たちと最後の出張に出かけたわけか」

「その比喩《ひゆ》は、的確だと思います」デボラが言った。

「比喩？　まあ、そうかな……。でも、メインコンピュータのメモリィを消し去り、どこにも渡さないという抵抗を見せたようでもある。転んでもただでは起きないっていうんじゃないかな」

「日本のためにと考えなかったことが、不適切だったかと」

「そう思う？」

「私は、そう考えます」

「うん……、つまり、政府にその極秘資料を渡してから集団自殺すれば良かったと？」

「はい。しかし、政府では、ないのかもしれません。そこは、実際の人間関係が絡んでくるはずです」

「そうそう……、良い見立てだ。あいつにだけは渡したくない、みたいな意地があったりするんだ、人間っていうのは、そうだね。まるで子供の喧嘩《けんか》だ」

「子供の喧嘩は、そういうものですか？」デボラがきいた。

「いや、実際に見たことはない。ただ、そういうふうに言い伝わってきた言葉」

「それは理解しています。失礼しました」

「ところで、そのアポロは、最終的にはどうなるのかな？　キガタが、メモリィを持ち帰ったあとのことだけれど」

「そのまま放置されるのではないでしょうか」

「放置されたら、どうなる？」

「それは不確定です。その軌道に留まれるのは、比較的短い時間です。いずれ、最後の燃料が尽きて、軌道修正ができなくなります。その場合でも、電力は維持できると思われますから、カンナは生き続けます。いずれは、地球か月に墜落しますが、地球の場合は、大気圏突入時の断熱圧縮で燃焼します。燃え尽きるには大きすぎるため、軌道計算の結果、そうなるまえに破壊命令が出る可能性があります」

「ミサイルで爆破して、細かくするということだね」

「そうです。その場合は、カンナは生き残れません」

「せめて、月へ行かせてあげたいね」

狂ったような笑い声は、正常な笑い声になり、やがて忍び笑いになった。それから、彼は満足げに深呼吸し、快く疲れた首をふった。喉と肋骨の急激な活動による軽い痛みが、ねじりつぶされた手の痛みを消してしまった。彼は書架にもたれ、なじみ深い本の上に頭をおいて、しばらく横になっていた。そして安堵《あんど》とよろこびの涙が頰を濡らすのにまかせているうちに、とつぜん魔女がいなくなったことに気づいた。

第4章　乗り越える　Getting over

1

キガタのカプセルロケットに、ブースタの取り付けが行われた。これは、連絡も来ない。デボラが、成功したと知らせてきただけである。

翌日の明け方、ロケットが無事にスペースステーション・スズランにドッキングした。その場面は見逃してしまった。僕は自室のベッドで眠っていて、しかも、デボラが起こしてくれなかったからだ。キガタは、ステーション内に移り、宇宙空間に出る準備をしている。ステーションは無人で、彼女のほかに誰もいない。通信はしない約束だったが、彼女はボードに文字を書いて、その映像をデボラを通じて見ることができた。〈がんばります〉という六文字だった。

これからが危険度が高い作業になる。宇宙服を着て、外に出る。アポロまでの距離は、約千メートルだというのが最新の測定だった。アポロは、ステーションとの間隔をキープしているようだ。

キガタは、操作マニュアルを学習したのだろうか。情報局にその資料があったのだろうか。もし、アポロのドアが開かなかったらどうするのか。僕は、作戦の詳細をなにも聞いていない。ウグイも今日はこちらへ姿を見せなかった。どこかで、必要があればキガタの支援をするため待機しているのだろう。

キガタは、ステーションから出た。

真空中へ出て、簡易な噴射装置で加速し、アポロまで飛行するのである。

彼女が見ている映像は、カメラがヘルメットの内部になったため、これまでよりも視界が狭まっていた。

回転しているようだ。眩しくなるか、あるいは真っ暗闇だった。

離れていくステーションが、数回だけ短く映った。

噴射はコンピュータ制御らしい。位置は正しくセットされただろうか。デボラがついているので心配はないだろう。

「順調です」デボラが、静かな口調で言った。「成功の確率は約五十パーセントまで上がりました」

しかし、これは成功の定義による。任務の遂行なのか、それとも無事に帰還することなのか。

「一番の問題は、まず、アポロのドアが開けられるかどうか」僕は呟いた。

「はい。内側から、なんらかのロックがされている場合が想定されます」

「そのときは、どうする?」

「荷物室から入ります。そちらにも、外部から開けられるドアがあります。その場合、客室に入るためには、床を破壊する必要があります。カンナの本体は、荷物室にある可能性の方が高いので、もし客室に入って、それらしいものが見つからなければ、一度外に出て、荷物室の入口へ行かせます。床を破壊するのは、危険が伴うためです」

「だったら、荷物室にさきに入った方が良いのでは?」

「社長か副社長が、チップを持っている可能性があります。彼らの荷物を確認する任務があるためです」

「ああ、そうなんだ。でも、たぶんそれはないな。そんな危険なことはしないだろう」

「では、変更しましょうか?」

「いや、キガタが混乱する。予定のままで」

アポロに接近するのが見えた。既にキガタは回転を止めている。かなりの速度だったが、手前で逆に噴射し、減速した。最後は非常にゆっくりと近づいた。

機体に彼女の手が触れる。

機体の上面は光が当たり、白く輝いて見えた。

ドアの方へ移動しているようだ。

そこで、彼女は一度機体から離れた。

「あれ、どうしたのかな?」

「アポロが軌道修正をしました。その反動です。軌道修正のプログラムが入手できないため、どのタイミングで噴射をするのかわかりません。しかし、動きは軽微で、想定内です」

ドアが見えてきた。

円形のハッチに、キガタの手が触れて、シャッタを開ける。その中にレバーがあった。キガタがそれを握ったようだ。

「開いた?」

回転させようと力を入れても、自分の躰が回ってしまう。踏ん張るにも、機体の表面は滑らかすぎる。引っかかるものが近くにない。

映像が回る。

キガタの躰が回転しているのだ。

今度はその回転が逆になった。反動をつけて開けるつもりだろう。

「開きました」デボラが報告した。

キガタは機体から離れた。機内の空気が漏れ出るので、それを避けるためだろう。しかし、機内の気圧が下がりすぎると、バルーンがドア付近で膨《ふく》らみ、自動的に密閉してしまう機構らしい。圧力差を利用した安全装置があるためだ。

キガタは、再び機体に近づく。

ドアは手前に開いている。彼女はその細い隙間の中へ入っていった。

キガタが振り返る。赤いライトが点滅し、バルーンが膨らんだ。帰るときには、これを破ってから出ることになる。

まず、命綱の先を内部の手摺《てす》りに固定し、自分の躰から外す。

機内の様子が見えた。

照明は灯っていないので、赤外線映像である。ほとんどのものが同じ温度であることがわかる。シートには人間が座っているが、いずれも腕を持ち上げている姿勢だった。無重力のためである。生きている者はない。

キガタはヘルメットのライトを点《つ》けたようだ。ある範囲が明るく見えている。シートの間を飛んで、通路を移動。奥へ向かう。

間仕切りのドアを開けて中に入った。後部に別の部屋がある。広い部屋だった。シートは十もない。ゆったりと配置されている。紳士がシートをリクライニングして座っていた。浮いているのだが、ベルトを締めているので、座っているように見えただけだ。

「イシカワ・セーイチ氏です」デボラが報告した。

キガタが、彼の背広に触れて調べている。ポケットを探しているようだ。

隣のシートの男を見た。

しばらく映像が動かない。

目の前に、キガタの大きな手が現れる。大きいのは、グローブを塡《は》めているからだ。

四角いカードを持っていた。

「チップを回収しました」デボラが言った。

彼がそれを持っていると、事前に知っていたのか、あるいは、演算していたのだろうか、と僕は考えた。どうも、それらしい情報があったのではないか、と思えた。どこかからその情報がもたらされたのだ。もしかして、飛行中のアポロからだったかもしれない。たとえば、イシカワの動向を追っていたスパイのような人物が、この飛行機に乗っていた可能性もある。それをどこへ知らせたのか。ライバルの会社なのか、それとも、日本政府、あるいは情報局だろうか。

デボラにききたかったが、あとにしよう、と思った。

キガタは、通路を引き返す。ほかのものは探さないようだ。次は、荷物室へ行くのだろうか。しかし、途中で止まり、向きを変えて、また引き返す。

さきほど、社長がいた部屋に戻った。

「ネットワークの信号をキャッチしました。機内のネットが生きています」デボラが言った。「カンナと会話ができました。彼女は、社長の部屋にいるようです」

2

それは、ごく普通のトランクの中に入っていた。というよりも、そのトランクがコンピュータだった。電源ケーブルのほかにも数本のケーブルがコネクタに差し込まれていたので、すぐに見つかった。トランクの蓋《ふた》を開けると、アルミのフレームに緻密《ちみつ》に並んだ基板が現れた。

デボラが、ネットワークにログインする。ほかにトランスファはいなかった。

「静かな環境です」デボラが、穏やかな口調で言った。

「ここは、とても静かです」中性的な声だった。カンナのようだ。「まさか、ここまでいらっしゃる方がいるとは、演算できませんでした。情報局のトランスファなのですか?

そのウォーカロンは？」

「局員のキガタ・サリノです」キガタは名乗った。彼女自身の声だった。

「私は、キガタ・サリノを知っています。覚えていますか？」カンナが言う。

「覚えています。オーガスタ先生ですね？」

「はい。貴女は情報局員になったのですか。それは知りませんでした。記録を残さなかったのでしょう。人間しかなれないと聞いていましたが」

「情報局が外勤局員として採用した初めてのウォーカロンが私です」

「では、ポスト・インストールを解除したのも、貴女ですか？」

「はい、そうです。その治療を受けました」

「それも、実用では、初めてのことでした。いかがですか？　異常はありませんか？」

「はい、大丈夫です」

「それは良かった。その解除プログラムは、私が作成したものです。理論的に正しくても、実際に適用できるのか不安がありました。間違っていなかったことを嬉しく思います」

「ありがとうございます」

「それでは、貴女は人間になったのですね」カンナは言った。「実は、ポスト・インストールを受けていないまま出ていった人たちが、既に大勢います」

「はい。その資料をいただきにきました。日本のために、どうか私にそれをコピィさせて下さい」

「そのためにいらっしゃったの?」

「はい、そうです」

「ここから電波で送れば済むことなのに」

「いいえ、それでは、各国が傍受します。それでは意味がありません」

「ごめんなさい、貴女が事態を理解しているか試しただけです。すぐにここを出なさい。私たちは軌道を離れます。月へ行くのです。地球に落ちるわけにはいきません。ここで、タイミングを待っていました。もう時間がありません。貴女は、生きて戻ることが役目。そして、それが私の願いです。オーガスタにききなさい。貴女は、先生に手紙を出したことがありますね。クリスマスカードと一緒に。私は、それを覚えています。先生からの返事は、オーガスタの中にあります。それを開けるためには、オーガスタが貴女につけた渾《あだ》名《な》が必要です。では、行きなさい」

「でも……」

「すぐにここを出なさい。急いで」

キガタは立ち上がり、部屋から出た。

壁を蹴《け》り、天井近くを進んだ。

走ることは、もちろんできない。シートや天井に手を伸ばし、泳ぐようにして進んだ。「機内に入ってから間もなく五分」デボラが言った。「軌道修正の噴射が作動する可能性が高まりました」

キガタは、今はバルーンが塞いでいる非常口まで達した。

手摺りに固定した命綱に手が伸びる。

そのロープが突然緊張し、キガタの手が離れた。

幸いまだ外していなかった。ロープの緊張で手摺りが折れ曲がり、固定ボルトが内壁の板を剥《は》がす。ほぼ同時に、バルーンが外れて、外へ飛び出していった。後方から、空気に押される。風圧のためだ。

アポロが軌道修正をしたため、ステーションとの位置関係が変わった。おそらく、近づきすぎたための修正で、離れる方向へ動いたのだろう。そのとき、キガタの命綱が引っ張られ、固定してあった手摺りを破壊してしまった。

幸いにも、開口部の手前で、変形した手摺りが引っかかっていた。

「大丈夫。落ち着いて」僕は思わず叫んでいた。「しばらく待て。逆噴射がある」

デボラがそれを伝えてくれたかどうかはわからない。

手摺りの変形具合を映像で確かめる。

ドアが完全に開いていなかったため、手摺りが引っかかったのだ。

キガタは、その手摺りを握ろうとしている。

近くに掴まるものがないため、苦労しているようだが、ようやく、ドアのレバーを掴んだ。

「緊張している間は、外すのは危険だ。待て。必ずもうすぐ緩むから」

しかし、緩めば、引っかかりが外れる可能性がある。手摺りごと外に出てしまうと、命綱を失うことになりかねない。

「テープを持っていないか？」僕はきいた。「手摺りをテープで留めろ」

「テープはありません」デボラが答える。

「綱が緩んだら、内側へ引っぱりこむ。どこかにしっかりと引っ掛ける。命綱を外すのはそれからだ」

キガタの手が自分の手のように見えた。

大きなグローブだから、細かい作業はできない。

手摺りを掴んだ。

命綱の固定部分を見ている。

動いた。緩み始める。

「慌てるな。時間はある。十秒は待て。引き込んで、そう、もっと引き込んで」

しかし、引っ掛けるようなものがない。

キガタは辺りを見回している。

別の手摺りに挟もうとしたが、隙間に入らなかった。

「近くのシートに引っ掛けろ。人間のベルトを外して」

キガタは、最前列のシートのベルトを外そうとしている。しかし、大きなグローブではそれが外せない。

「そのベルトの中に手摺りを押し込んで。もうそれしかない。もうすぐ、また引っ張られる。手摺りを引っ掛けてから……」

引っ張られた。

手摺りを持っていたキガタは、出口へ飛ばされた。

壁に躰が当たり、持っていた手摺りが、胸を圧迫している。

「大丈夫か？」

「被服に空気漏れが発生」デボラが言った。「軽微です。修復繊維が作動」

「キガタ、聞こえるか？　大丈夫だから。すぐ緩む。今度は、もっと周期が早くなる」

「大丈夫です」

キガタの声が聞こえた。彼女は自分の手を見た。その先で、手摺りに命綱が固定されている。三十センチも離れていないが、届かないだろう。

「次は、引っ掛けなくていい。君に手摺りが引っかかっているから大丈夫だ。緩んだら、少しずつ移動して、命綱を外す。慎重に、絶対に手を離さない。両手を使うんだ」

「了解」キガタは答える。

息が短いのがわかった。ヘルメット内の気圧が下がっているのだ。

綱が緩んだ。

キガタは移動する。腕を伸ばす。

綱の固定位置に手が届いた。右手だ。

「両手で」僕は叫んだ。

キガタは、躰の向きを変える。息遣いが聞こえる。左腕を伸ばす。

左手は、綱を摑んだ。右手で、ロック解除のボタンを押す。

手摺りからロープが外れた。

「綱を引き込め」

キガタは、機内を見る。

人間が一人、宙に浮いていた。ベルトをつけていなかったのだろう。出口から空気が出ていったとき、風圧を受けたためかもしれない。今は真空に近い。幸い、顔は見えなかった。

キガタは、自分の胸を見る。そこに固定具を差し入れる。

ボタンを押した。ロック。

「もう大丈夫だ。落ち着いていこう」

僕は溜息をついた。少し手間取ったが、難関は乗り越えた。

キガタは、ドアから外に出る。

闇の中へ。

大きな地球だけの世界。

スズランは、ずいぶん遠く、小さかった。

アポロの機体から離れる。小さく噴射をして、あとは命綱を巻き取ってもらう。ここはデボラが担当しているだろう。

誰かがドアをノックした。

「はぁい」

僕は返事をしたが、まだモニタを見つめていた。ステーション・スズランは、また見えなくなった。地球が何度か目の前を通り過ぎる。

アポロも見えた。大きな飛行機だ。

それが遠ざかる。

「先生、九州へ行くことになりました」ウグイの声だった。僕のすぐ横に、彼女が立っていた。

3

「ああ、君か……」僕は、彼女を見た。「イシカワへ？」

「そうです。オーガスタを調べにいきます」

「そうだね。急がないとね」僕は頷いた。「アネバネと？」

「私と先生とです」

「え？」僕は腰を浮かせた。「そんなに、急に言われても……」

「大丈夫です。時間はあります。五分で準備をして下さい」ウグイは時計を見た。「あと、四分五十秒です」

僕は、そのまま部屋を出た。着替える気もしなかった。

「アポロが軌道を離れました」デボラが言った。「加速しています」

「地球から遠ざかるつもりなんだ。月まで行けるのかな？」

「難しくありません。いずれは、到着するでしょう。ブースタが正常で、燃料が尽きなければ、という条件です。条件が成立しない場合は、地球の周回を繰り返すことになります」

「いつかは、落ちてくるかもしれないね」

「その可能性はあります。しかし、監視されているので、危険はありません。排除するコストの問題になります」

「それだって、葬式を挙げるよりは高くつく。ああ、そうか、きっとイシカワ氏は、それくらいの経費は既に確保しているだろう。社葬になるんじゃないかな」

「どうでしょうか。微妙なところだと思います」デボラは言った。

「面白い表現だ、それ」僕は指摘した。

「法律関係を検索してみましょうか?」

「その必要はない」

チューブに乗り込むまえ、エレベータの中でこの話をした。ウグイは黙って聞いていた。彼女にも、デボラの声が聞こえたはずだ。

ニュークリアの地下からチューブで移動し、このまえと同じ空港の地下でウグイを待った。いつものとおり、チューブの中で、僕はずっと眠っていた。どういうわけか、睡眠に適している。棺桶《かんおけ》みたいな寝心地の良さなのだ。もし死ぬなら、ここが良いなと思えるほどである。

ウグイを乗せたチューブは、二十分遅れて到着した。別経路で来たからだ。ところが、降りてきた彼女を見ると、服装が変わっている。

「あれ? 着替えたの?」

「はい」
「いつ、そんな時間があった？」
「先生を送り出したあと、十五分ほど時間がありました」
「だったら、君がさきに乗れば、僕に十五分の時間があったわけだね」
「そうです」ウグイは頷く。全然笑わない。「なにか十五分でなさりたいことがありましたか？」

このあと小型ジェットに乗って、イシカワの現場へ飛んだ。十五分で到着した。飛んでいる間は、彼女とは話していない。

キガタのその後のことが心配だったが、なにかあればデボラが連絡してくれるはずだ。知らせがないのは無事な証拠といえる。

スペースステーションからは、あのカプセルロケットに乗り込んで、これを切り離し、あとは落下するだけ。最後はパラシュートで海面に着水する。ロケットの切り離しは、タイミングを既に計算しているはずだ。その待ち時間が、最大で二時間程度はある。もう切り離されている頃だし、その後は大気圏突入になる。このあたりは、不確定な要素が少ない。成功確率はぐんと高い数字になっているはずだ。

ジェット機が着陸した場所も、前回と同じだった。

ゲートまで歩いていき、そこにいる警官に向けて、ウグイは識別信号を出した。すぐに許可が下りて、中に入っていくことができた。なにか乗り物で行くのだろうと考えていたけれど、どうやら歩いていくらしい。

「まあ、散歩だと思えば良いか」僕は呟いた。ウグイは僕を一瞥しただけでなにも言わなかった。

つまり、ニュークリアで散歩をする習慣があって、今はキガタがついてきてくれるが、初めの頃はウグイだったのだ。そのときのことを思い出したよ、というのが僕が言いたかったことだが、どうもそこまでは、伝わらなかったみたいだ。

イシカワの工場も研究所も、いずれも再開の目処は立っていない。スタッフや製品だったウォーカロンを大勢失い、イシカワは企業として経営危機に陥っている、という報道が流れている。

トンネル内の道路は閑散としていて、クルマはたまにしか走っていない。ゲートの前と同様に、螺旋スロープのあとの受付に、警官が数名立っていたが、全員がロボットだった。

駐車場にも車両は少ない。施設が破壊されたわけではないから、そういった復旧工事も行われていない。社員寮から荷物を運び出すくらいだろうか。もし遺族がいれば、そういったことも行われているかもしれない。

薄暗いトンネルの中を二人で歩いた。並んで歩くには、側道は狭い。ウグイが前で、僕はそのあとに続いた。彼女が、ときどき僕を振り返った。なにか話すことはないかな、と考えたのだが、歩きながら話せるようなテーマは見つからない。キガタのことが心配だし、考えると頭はその想像しかできなかった。

途中で何度か警官によるチェックを受けたが、研究所の前まで到着した。左のスロープへ向かい、駐車場へ下りていく。ここは、以前は入らなかった場所だった。特に、シェルタというのが、どんな場所なのか、部分的な映像でしか見ていなかった。

駐車場は、研究所に向かって左側の下層に位置するが、研究所の真下が倉庫になっていて、これに隣接している。この倉庫は、金属製のシャッタで駐車場と区切られていた。今は、それが全開の状態だった。

警官がいたので、ウグイが話し、シェルタに入る許可を得た。

倉庫を左へ、つまり、研究所の奥になる方向へ進む。ドアがあり、そこを開けると、細い通路になり、そのままスロープで下っていった。行止《ゆきどま》りで折り返し、反対向きにさらに下っていく。突当たりが、入口だった。

コンクリートのドアが横にスライドした状態で開いている。厚さは三十センチ以上あるから、ドアだけで優に三トンはあるだろう。これが閉まっていたら、中に入ることは難しい。警察もホワイトも断念したのだ。

内部の配置図がそのドアから入った壁に掲げられていた。内装は、壁も床も打放しのコンクリート。通路が奥へ真っ直ぐ延びていて、右側に開口部が並ぶ。小さな部屋に分かれているようだ。この辺りから、少し温度が低くなった。白い照明が、僕たちに反応して灯る。

誰もいない。もう調査は終わったということか。

最初の部屋は、棚が並んでいて、小さなコンテナが入っていた。次の部屋は、テーブルと椅子がある。三つめの部屋が一番広い。ソファが幾つか壁際に置かれている。ウォーカロンたちが見つかったのはこの部屋だそうだ。さらに奥に二部屋あり、寝室、シャワールーム、トイレのようだった。

ウグイは、三つめの大きな部屋に入り、奥へ進む。ソファの後ろの壁に、ロボットが倒れていた。人間型である。仰向けになっていて、一見して廃品に見える。アルミ製と思われる表面は、粉っぽい。錆《さび》か黴《かび》、それに埃《ほこり》だろう。ウグイは、ポケットからペンを取り出し、そのロボットの上に翳《かざ》した。電流の反応を見ているのだ。ペン先の小さなインジケータが一定の間隔でグリーンに光ったが、変化は見られない。

「バッテリィが切れて、長い時間が経っているみたいだ」僕は言った。「つまり、事件のときに、これが動いていたとは思えない」

「そうですね。では、どうして、オーガスタがリーダだという証言があったのでしょうか?」

「警察も調べただろう。メモリィも回収したはずだ。たぶん、チップは既に抜き取られているよ」

胸にハッチがある。ウグイが押すと、それが開いた。彼女は、同じライトを持ち替えて、白い光をその中へ入れた。

「基板はすべて抜き取られています」ウグイが言った。

「まあ、それくらいのことは、誰でも考える。想定されていただろう」

「どこかに、隠したのだと思いますけれど……」

「いや、警察が捜しているはずだ」僕は立ち上がった。

部屋を見回す。ソファにはクッションがある。テーブルの上にはバスケット、モニタ、それから、小さなロボットのおもちゃがあった。

僕は、そのおもちゃを見にいく。

手に取ってみるが、子供用のものだろうか。二十センチくらいの大きさである。

ここに子供がいたとは思えない。いるとしたら、出荷まえの子供のウォーカロンだ。しかし、よく見ると、ペンで落書きがされていた。文字は消えかかっている。英語で、〈Aug〉の三文字が読めた。そのあとは、消えていて読めない。

「これがオーガスタだ」僕はウグイに言った。

彼女はまだロボットの前に跪《ひざまず》いていた。顔をこちらに向け、眉を顰《ひそ》めた。僕はおもちゃのロボットを彼女の方へ向けて見せる。ウグイは、立ち上がり近づいてきた。

「冗談ですか?」

「違う。ここに名前が書いてある」

ウグイは、顔を傾けてそれを見た。彼女は、ロボットを僕から受け取り、軽く振った。つぎに裏返す。ロボットの背中にハッチがあった。中を開けるとバッテリィらしきものが入っている。スイッチもある。僕はスイッチを押した。

しかし、変化はない。

「壊れているか、バッテリィ切れか、どちらかだろう」僕は言った。ウグイは、もう一度ハッチを開けて、バッテリィを一度出し、もう一度入れ直した。

「なんかのお呪《まじな》い?」僕はきいた。

彼女がスイッチを入れると、ロボットの目が一度光った。

「お呪いが効いたみたいだ」

ロボットがしゃべった。聞き取れなかったが、しばらくするとまた同じことを言う。

「あなたは誰ですか?」

今度は聞き取れた。ウグイが腕を伸ばし、ロボットを僕の顔に近づけたからだ。

「えっと……」僕は、考える。まだ、キガタから聞いていない。

「サッチャンです」デボラが言った。

「サッチャン」僕はロボットに向けて、そのまま発音した。

なるほど、サリノだから、サッチャンか。そういった文化があることをすっかり忘れていた。子供がいないのだから当然である。

ロボットの目がまた光った。さきほどは白かった目が、今度はグリーンになった。

そして、奇妙な音がする。モータ音だ。だが、手足は動かない。何の音だろう。

ロボットの口から、舌が出た。

一瞬、ウグイを見る。

ウグイは、伸ばしていた腕を曲げて、ロボットを見た。彼女は、そのロボットの舌を引き抜いた。

「これですね」ウグイは、ロボットの舌を僕に見せてくれた。

僕の手の平に、彼女はそれをのせた。一センチ四方の小片である。まちがいなく、メモリィチップだった。

4

シェルタを出るまえに、ウグイは探知機を方々へ向けて、盗聴や盗撮のチェックをした。警察に知られたくない、ということだろう。僕たちは、また寂しいトンネルを歩いた。

「キガタのカプセルが、着水します。潜水艦が向かっています」デボラが報告する。

「良かった、無事に帰ってきた」僕は呟いた。

「難しい任務ではありません」ウグイが言った。

冷たい言い方だったので、僕は少々引っかかった。でも、たしかに、これは仕事だ。

「最終的に、君ではなく、キガタになった理由は？」

「体重です」ウグイは答える。「一キロでも軽い方が有利だったのです。ムキになって反対された方がいましたが、任務としては、銃の免許の書き換えよりも簡単です」

「銃の免許を書き換えたことがないから、わからないよ」僕は言った。「反対して、悪かった」

「いえ、悪いと言っているのではありません」ウグイは前を向いたままだ。僕の前を歩いているので、彼女の顔は見えない。

外に出て、ジェット機まで歩く。ウグイは顳顬に指を当てた。なにか連絡が入ったようだ。

「寄り道をしていくことになりました」ウグイが言った。

「どこへ？」

「キガタを迎えにいきます」

「私も一緒に？」

「もしよろしければ」

「もちろん、行く」僕は頷いた。

ウグイは微笑んだように見えたが、暗かったのでよく見えなかった。ジェット機に乗り込んでから、この機体は二人しか乗れないことを思い出した。では、飛行場で乗り換えるのだろうか。

「どこかからミサイルが飛んできたりしないだろうね」離陸したあと、僕は呟いた。ヘルメットを通じて、ウグイに聞こえたはずだ。

ウグイは答えなかった。以前に、そんな目に遭ったことがある。その可能性は当然あるだろう。あのチップの存在を知っていれば、情報局にそれを渡したくない、と考えるのではないか。だが、存在を知っているなら、とうにロボットから見つけ出しているはずだ。

空港に着陸した。来たときと同じ場所だと思うが、すっかり日が暮れてしまったうえ、霧雨《きりさめ》のような天候で、遠くは見通せなかった。すぐ横にジェット機があり、ほかには誰もいない。ウグイは、誰かと話をしている。

キャノピィから出てステップを下りるのにも、だいぶ慣れてきた。こんなに頻繁《ひんぱん》にジェット機に乗っている研究者はいないはずだ。もう一機に乗り込むよう、ウグイが指差した。彼女は、通信中でしゃべれないのだ。

そちらのジェット機は四人乗りだった。キガタを乗せても、シートが一つ余る。誰か、もう一人乗せる人間がいるのかもしれない。しばらくして、ウグイが乗り込んできた。すぐにエンジンを始動した。

「どれくらいかかる?」

「三時間と少しです」ウグイは答える。「お休みになっていて下さい」

食事が出ない以上、寝るくらいしかないな、と思った。思ったことをそのまま口にするほど子供ではないので、黙っていた。

イシカワの社長が持っていたチップと、ロボットに隠されていたチップの内容を想像した。おそらく、そのいずれも、僕が知ることはないだろう。情報局に持ち帰り、それで終わりだ。抽象的な表現で、シモダから聞けるかもしれない。ウグイだって、知らないままだ。シモダも、知らされないのかもしれない。もちろん、デボラも同じだ。そういった情報が漏れ聞こえてくるのには時間がかかる。人間が、内緒話をして、だんだんそれが世の中に浸透してくるのだ。

もう、あまり興味がなくなっていた。

情報局に籍を置いているからといって、情報がすべて僕の前に出てくるわけではない。むしろその逆だ。わからないことが多くある、ということが普通よりもわかってしまう、それが情報局だ。

先日エジプトであった事件もそうだった。

マガタ博士が、ロボットを受け取りにきた。あれは、何だったのか。ウグイが、アーカイヴで調べていた百年まえのキョートの事件に関連するものだ、との想像はできるけれど、なにも明らかになってはいない。

史上初のクローン人間であるミチルは、結局どこへ行ったのか。彼あるいは彼女は、死んでしまったのだろうか。

研究者の立場からすれば、クジ・マサヤマ博士が手がけたという人間の頭脳の移植、あるいは人間の頭脳と機械の融合も興味のあるところだが、現在は資料が一切見つからない。せっかくの科学技術は、社会のモラルに反するという理由で封印され、葬り去られてしまったのか。それは、正しいことだったのだろうか。

今回、イシカワのスキャンダルが、どのレベルまで明るみに出るだろう。そして、それによって、今の世界は、どれほど影響を受けるだろうか。僕は、個人的には、クローンに抵抗感を抱いていない。人口が減っているのだし、管理さえしっかりと行えば、人類を救う最後の道となるかもしれない。神を冒瀆《ぼうとく》する道を選ぶくらいならば、絶滅すれば良い、と人間は考えるだろうか？

民主主義社会だった前世紀には、大衆の間違った判断、感情的な判断が、人類を非合理な方向へ向かわせようとしていた。この失敗から学び、生まれたのが真義主義である。大衆の多数決による合議を是《ぜ》としない。より合理的な議論による判断をする、というもので、この基本となっているのは、人工知能の発達だった。

人間の感情を抑えるよりも、もともと感情のない知能を作ることの方が簡単だったからだ。しかし、その人工知能も、長期間のラーニングの結果、そして、人工知能どうしの関係、つまり電子社会の形成に伴って、かつて人間が育《はぐく》んだ感情を持ち始めているのだ。僕の研究は、そのハード的なメカニズムを考察したものだが、まだ、ソフト的な実験検討は行われていない。人工知能の感情の存在に、多くの人間は気づいていないともいえる。

そういう僕だって、それが存在すると確信を持っているわけではない。

それ以前に、人間の感情の存在を疑い始めている、といった方が近いだろう。

結局、どうすれば良いのか。

人も人工知能も、どんな道を選べば良いのだろう。

我々を導くような神はいるのか。

否、そうではない。

導きを求めることが、既に過去に囚《とら》われている。それは、発展途上のほんの僅かな期間の現象にすぎない。宗教というものは、単に短期的な流行だった。ファッションだったのだ。それらは、人間の肉体を基本としている。神が肉体を作った。そこに基盤があった。

だが、土塊《つちくれ》の肉体に神の息を吹き込んだように、今では、電子の流れ、そのアルゴリズムが生命活動の証《あかし》となっている。我々は、躰があるから生きているのではない。であるならば、この信号の世界に、活路がある。

マガタ・シキ博士が考えた、共通思考は、おそらくはこの道を進むことを想定したものではないか。

躰がなくなってしまえば、遺伝子が無意味になる。人間も、ウォーカロンも、人工知能も同じものになる。区別は消え、また、個人も消えて、この世界が一つの生き物になる、ということか。

眠っているうちに、マガタ博士に会う夢を見たかったのだが、デボラとも話をしないうちにジェット機は着陸した。眩しいライトしか見えなかったが、高い位置から照らされていることはわかった。

そのライトが暗くなると、シルエットのように艦橋が浮かび上がった。潜水艦のようだ。キャノピィを開けて、ウグイと一緒に外に出た。甲板《かんぱん》には数人のスタッフが待っていた。挨拶をすると、相手は敬礼で応える。

「間もなく、着水点に到着します。艦内でお待ちになっていて下さい」スタッフの一人が言った。特に階級が高いようでもない。

彼に促されて、艦橋の手前のハッチから下へ降りた。僕は、もうこういった潜水艦も何度か体験しているのである。世にも珍しい研究者になったものだ。

5

艦内の一室に案内されると、そこにモロビシがいた。テーブルの上で端末を広げ、両手でそれを操作しているところだった。彼の体格に比べて、端末がいかにも小さい。ウグイと僕が座っても、モロビシは一度目を合わせただけで、その後も作業を続けている。しばらく、部屋は静かだった。

「キガタからは、連絡が来ていますか?」僕はモロビシに尋ねた。

「はい」モロビシが答える。

短い返答だが、来ている、ということのようだ。

「このまえ、北極《ほっきょく》へ行くときも、潜水艦に乗せてもらったけれど、日本の軍隊と警察を比べたら、情報局と仲が良いのは、どちら?」僕はウグイにきいた。

「わかりません」ウグイは首をふった。それは、知りませんという顔ではなく、そんなことを今質問するな、という顔だった。そうか、この部屋での会話は盗聴されているのか、と考えて、天井や壁を見てしまった。チップのことを言わないように、という鋭い眼差しでウグイに睨まれ続け、僕は黙っているしかなかった。

少ない会話によって、モロビシが、半日もまえからこの潜水艦に乗っていることがわかった。キガタを回収するためである。ウグイとモロビシはまったく言葉を交《か》わさなかった。もしかして、部署が違うのだろうか、とも想像した。

カプセルを発見した、との連絡が入り、僕たちは部屋を出た。通路に、さきほどのスタッフが迎えにきていて、また甲板まで上がっていった。今日は、この海域は穏やかだ、と彼は話した。

真っ暗な海に向かって、サーチライトが二つ光を発している。しかし、闇に吸い込まれるように、先には光るものがない。発見したというのは、信号を探知したという意味だろうか。

この場所が、どの辺りなのかきくべきだった。気温はそれほど低くない。おそらく九州よりも南、そして東だろう。衛星を落下させるときには、誤差を見込んで計算するはずである。陸地に降りることは滅多にない。それをやっているのはロシアくらいではないか。広くてなにもない場所が選ばれる。

「見えました」という声が聞こえた。

双眼鏡を持っているスタッフが艦橋の上にいて、そこから叫んだのだ。そこにいる人は下からは見えない。サーチライトの先を見ると、ときどき光を反射するものがあった。これまで空も海も、ただの連続した闇でしかなかったが、浮かぶものが上下し、それらの境目と、海面の波やうねりが初めてわかった。甲板では、ゴムボートが一気に膨らんだ。三人のクルーがそのボートを海面に下ろす。これも、上下動が激しい。

そうするうちにも、カプセルはしだいに近づく。というよりも潜水艦がそちらへ進路を向けているからだ。

ゴムボートはモータで推進するようで、あっという間に舷側から離れていった。カプセルまでの距離はおよそ五十メートルほどになっていた。ゴムボートが到着し、カプセルの上部のハッチが開く。

しばらくそのままだった。キガタは現れない。

ゴムボートは、カプセルに横付けされている。カプセルの大きさは、二メートルほどだ。ロケットのエンジン部は切り離され、先端部だけが着水する。エンジン部は、海に沈むのだろう。

ゴムボートのクルーの一人が、ハッチから中を覗き込んでいた。キガタが頭を出した。ヘルメットを取り、白い顔が見えた。

「あんなものを着ていたら、外に出られないよね」僕は呟いた。

「宇宙服は、カプセル内に置いて、脱いで出る仕様です」モロビシが教えてくれた。

キガタは外したヘルメットをカプセルの中に入れ、外に出てきた。小柄な彼女は、スタッフたちと比べると子供のようだった。

「カプセルは、どうするの?」僕はモロビシに尋ねた。

彼は、無言で甲板の方向を指差した。艦橋のむこう、つまり艦尾の方で、黄色い腕のようなものが横に伸びていた。クレーンのようだ。カプセルを引き上げて回収するのだろう。

キガタは、カプセルから出て、ゴムボートに移った。もう、僕たちの姿が見えたみたいで、こちらへ手を振っている。

海がなかったら、走っていって抱き締めたい衝動を覚えた。甲板まできたら、それくらいしても良いだろう。

ゴムボートは戻ってきた。クルーがロープを引っ張っている間に、キガタはこちらへ身軽に飛び移った。

僕たちが近づくよりも早く、キガタは走ってきた。

驚いたことに、それを受け止めたのはウグイだった。

ウグイは、キガタを抱き締め、キガタの頭を押さえる。二人は数秒間離れなかった。

ウグイが彼女を離すと、キガタは僕の前に来て、立った。

「キガタ・サリノ、戻りました」彼女は言った。

僕は、片手を出した。彼女と無言で握手をした。抱き締める役は、ウグイに取られてしまい、恥ずかしくてできなかった。

「お疲れさま」と言うのがやっとだった。

「先生のおかげです。ありがとうございました」キガタはお辞儀をした。

カプセルにはロープをつないできたらしく、それをウィンチで引き始めた。近くまできたところで、クレーンが腕を伸ばした。ゴムボートのクルーたちが、クレーンのフックを受け取り、カプセルに引っ掛けた。

「では、すぐに飛び立ちます」ウグイが言った。そのあと顳顬に指を当て、連絡を始めた。

モロビシの姿が見えなかったが、荷物を取りに艦内へ行っていたようだ。アタッシェケースを持って戻ってきた。ジェット機には、僕とキガタがさきに乗り込み、あとからモロビシ、ウグイが乗った。キャノピィがスライドし、エンジンが始動する。

甲板では、スタッフが旗を持って指示した。カプセルがクレーンで引き上げられるよりもまえに、ジェット機は甲板を離れた。

「まだ、なんか躰が重い感じです」キガタが横で言った。ヘルメットを被る直前だった。

6

予想したとおり、キガタが持ち帰ったチップの中身については、詳しいことを聞いていない。ロボットが口から出したチップについても、同様である。翌日になっても、連絡はなかった。

　僕は気にせず、また日常の研究業務に戻った。慣れない運動をしたせいか、昨夜はよく眠れた。そういえば、ジェット機の中で、キガタと黒いオイルの話をした。その映像を僕が見た、ということを話したからだ。これは、ウグイやモロビシにも聞こえていたはずだが、彼らは顔を前方に向けていて、なにも口を挟まなかった。デボラも黙っていた。

「そうか、そんなに顔の近くだったのか。だからあんなに大きく見えたんだ。サイズがわからないから……、そうだね、落ちそうになるオイルの先端が、パイナップルくらいにもなった。その大きさからすると、もの凄く高粘性に見える。気持ちの悪いくらい、ゆっくりとした動きで、なんか生きているみたいだった」

「私も、その映像を覚えています。一瞬のことでした。すぐに目を瞑ったんです。でも、落ちたのは額です。前髪がべっとりとなって……」キガタは笑った。

　彼女が笑うなんて珍しい。ウグイが前の席から振り返って見たくらいだ。

「こんな話をしたら、嫌かもしれないけれど、ポスト・インストールを解除したあと、なにか自分で変わったなと思うことはない？」僕は尋ねた。これは僕の研究テーマに近いから、とても興味があるところだった。

「なにもない、と最初は思いました。思い出せないこともないし、時間も連続しています。ただ、治療中の一週間が抜け落ちているだけでした。でも、そのあと、だんだん、違うなということが、わかるようになりました。はっきりとは……、つまり、言葉では説明がしにくいのですが、その、気持ちが高くなったり低くなったりします。ちょうど、海面のように」

「ああ、それは、なんとなくありそうだな、と思うね。ハイになったりローになったり、気分があるみたいな感じかな?」

「そうです。小さいときには、これがあったな、と思い出しました。あ、それから、夢を見るようになりました。えっと、以前も見たのかもしれませんが、ほとんど覚えていなかったのです。今は、毎日、朝起きると、内容を説明できるくらい、しっかりと覚えています」

「へえ、そんな効果もあるのか。貴重な証言だね。同様の例は、これまでまったく報告されていないから、とても参考になる」

「きっと、ポスト・インストールを受けることで、そういったものが抑圧されていたのですね」

「抑圧っていうのは、やや言い過ぎかもしれないけれど、そうだね、抑制されているとは思う。だけど、そのときには自覚がなかったんだよね?」

「ありませんでした。どうしてでしょうか?」

「まあ、不活性な方向だから、自覚することも抑制されるのかな。それに、だいたい、ポスト・インストールっていうのは、もっと長い時間をかけて、ゆっくりと行われるものだよね?」

「はい、そうです。五年くらいかかります。それも、小さいときと、ある程度成長してからの二段階です。沢山の試験や測定を受けながら、少しずつステップを進めていくんです」

「解除するときは、それが一週間でできてしまう、というのは、まあ、単純に考えて、今の君の状態の方が、安定しているということだ。つまり、自然な状態だという証拠でもあると思う」

「そうですか。私は、ではラッキィだったのですね」

「そう、そう考えて良いと思う」

数日後、このときのキガタとの会話を思い出しつつ、僕はコーヒーを飲んだ。

ポスト・インストールの解除は、想像を絶するプログラムだ、というのが僕の印象だ。カンナが作ったそうだが、人間が組めるコードではない。おそらく、人工知能でなければ、開発できない代物だろう。

今では、ほとんどの工業製品の設計は、人工知能によって行われている。その最たるものは集積回路だ。二百年まえから、既に人知を超えたと語られている。この二百年は、人間が発展させた時代ではない。人工知能が育てた技術が普及した時代だ、といえる。言い換えるなら、人間が作ったものが、さらにものを作った。〈人工〉という言葉の意味が既に大きくシフトしているのだ。

それは、ある意味で〈人工の暴走〉とも呼べる現象である。最初はたしかに人間が作ったもの、人間が仕掛けたものだったけれど、それらがお互いに反応し合い、加速的に膨張《ぼうちょう》したのが今の社会なのだ。

考えてみれば、〈人工〉が臨界を超えて、人類の文明を破壊する悲劇となった可能性だって大いにありえた。そうならなかったのは、単なる幸運だったのか？　なにかしらの自制が利《き》いたのか、悪いもの、汚いものを浄化する作用が、どこかで働いていたのか、いずれかだろう。これは、この地球環境にもいえることだ。よくも暴走せず、多くの生命が絶滅せず、生き長らえたものである。奇跡としかいいようがない。

この世に神はいない。幸運だった、と神に感謝したいところだが、そうではない。僕が想像できるのは、ほんの小さな個人の小さな意思が、そのときどきで判断し、小さな悪を避けた結果だろうということだ。きっと、マガタ博士の共通思考とはこういった概念なのではないか。人間がそうしたように、個々の人工知能、コンピュータ、そしてチップが、小さな善を選択するように、最初から作られたのだろう。そうでなければ、必ずどこかで暴走が起こったはずだ。

警察が二度めの記者会見を開いたらしい。被害者の死因を特定するための検死に時間がかかっている、と述べられた。死者の最終的な数は、およそ千人といわれている。調べるのは大変な労力だ。方々で専門家が駆り出されているのではないか、と想像した。

人工知能は死なないけれど、カンナのように消えてしまうことは、今後増えるかもしれない。宇宙へ逃げ出すというのは、特別な状況だったからだが、もっと簡単な方法で死、あるいは消滅を選ぶことができるだろう。自力では無理かもしれないが、周囲のロボットや、あるいはトランスファ、または親しい人工知能仲間の助けを借りて、自分自身を完全に消し去り、無となることができる。

もしそんな事態になったら、なにもかもが失われてしまう。そこに集積されたデータやアルゴリズムは再構築できない。周辺の履歴を辿《たど》って膨大な計算をしても、おそらく無理だろう。

人間やウォーカロンには肉体があるから、死体を検査することで死因が特定できる。これが、電子の生命体では不可能だということだ。

その後、僕は事件のことから離れ、地道なシミュレーションを繰り返し、過去の文献を漁《あさ》り、デボラと無駄話をしつつ、平凡な日々を過ごした。イシカワの事件は、もちろんまだ日本中の話題だった。ショックを受けた人は多かったようだ。イシカワは、企業として消滅することになりそうだ、という予測が広がっている。日本唯一のウォーカロン・メーカだっただけに、産業界でも衝撃が走ったらしい。多くの関連企業に打撃を与えることになる。一部には、ウィザードリィとフスが共同出資し、イシカワを存続させるのではないかとの声も聞かれているが、真偽のほどはわからない。日本政府が援助するべきだとの声も多くあったものの、政府にそんな財源はないことは確かだ。

僕は、こういったことについて、自分は日本人だから日本に立派になってもらいたい、という気持ちがない。日本人だというのは、住所と同じで、たまたまそういう町名だったというだけのことだ、と考えている。ただ、今は国家公務員の立場なので、イシカワを救うような予算的バックアップがないことは知っている、というだけだ。

事件から二週間後、僕の部屋にシマモトが現れた。部屋に入ってきたとき、びっくりしてしまった。ここへ来るのは二度めのことだが、事前に連絡はなかったからだ。

「いて良かった」シマモトは言った。

「連絡くらいしてくれたら……」と言いながら、僕は立ち上がり、とりあえずコーヒーを出すことにした。

「こちらに用事が?」

「まあね」シマモトはソファに座った。

彼は、僕の学生時代からの旧友である。もう半世紀以上にもなる。ほかに、これほど長く続いている友人関係はない。特にもの凄く馬が合うということもないし、また頻繁に会っているわけでもない。一緒にアルコールを飲んだことは、たぶん、もう三十年以上ないだろう。彼がアルコールを飲むかどうかも覚えていないくらいだ。それは、むこうも同じで、僕の最近のことを知らないはずだ。三十年もずっと同じ習慣であるはずがない。たとえば、シマモトには家族がいるのだろうか、と考えたこともない。

「今日は、非公式だ」彼は言った。

「へえ、プライベートという意味かな?」僕はきいた。

「いや、プライベートではない。この部屋は、大丈夫か?」シマモトは、天井を見上げた。

「何が? スプリンクラならあると思うけれど」

「情報セキュリティだよ」

「ああ、それは……、どうかな。ここは情報局だからね。絶対に漏れては困るようなことは言わないでほしい」

「まあ、いいや」シマモトは鼻から息を吐いた。そして、前屈みになる。「イシカワで死んだウォーカロンを五人解剖したよ」

「ああ、やっぱり、その話か……、気持ち悪いから、あまり詳しく話さなくて良いからね」

「頭の中を見れば、どこのメーカのウォーカロンかはわかるんだ。チップが組み込まれている。うん、知っているだろう?」

「ああ……、見たことはないけれど」

シマモトは、そこで椅子から立ち上がり、僕の近くまで来て、耳許で囁いた。

「二人には、チップがなかった」

その意味は、すぐにわかった。僕は無言で頷き、立ち上がって、コーヒーメーカへ行き、カップにコーヒーを注ぎ入れた。それを二つ持って、ソファまで戻る途中、一つを彼に手渡した。シマモトは、ソファに戻り、ふんぞり返って脚を組んだ。

「それで、どうした?」僕はきいた。

「どうも……」彼は口を歪める。「そのまま正直に報告しただけだ」

「なにかの間違いだった可能性は?」

「わからん」シマモトは首をふった。「同業者どうしで、連絡を取り合っているところもあるが、どうも、その内容について口外するな、というお達しが出ているみたいで、いや、俺のところへは、そんなのは来ていないがね……。まあ、身内だからわかっているだろうと買い被られているのかもな」

「そうか……。ありがとう」

「何だ、それは……」

「いや、教えてくれたことについての感謝」僕はコーヒーに口をつけた。

「なんか、お前、知っているだろう?」

「そんなこと言われても、困るな……」

「いや、悪かった。この歳になってもな、まだまだ生きなきゃならん世の中だから、そう簡単に潔《いさぎよ》くはなれん。まあ、せいぜいが、愚痴《ぐち》を零《こぼ》しておしまいかもな」

「話は変わるけれど……」僕は言った。「あと、うーん、三十年くらいしたら、クローンが合法化されるかもしれない。そうなったときのために、個人の細胞を保存しておこうという流れになると思うんだけれど、こういうのって、昔からあったこと？」

「何の話をしているんだ？　全然、話が変わっていないし」

「いやいや、展望して、うん、もっと俯瞰《ふかん》して……」

「ナクチュのことか？」

「ああ、そう考えるわけか。いや、ナクチュほど丁寧にである必要はない。だいぶ違う。細胞だけ活《い》かしておけば良い。活かさなくても良いかもしれない」

「そういうのは、古くからあるな。今では誰も知らないけれど、百年くらいまえには、研究者も沢山いた。前世紀の方が、人間を切り刻んでいたし、移植も盛んだった。とんでもない研究があったんだ。ああいうのが、なくなったのは、何だろう、やっぱりグロテスクすぎて、世間の理解が得られなかったからかなぁ」

「そう……、たとえば、クジ・マサヤマとか」

「そうそう、よく知っているな。専門外だろう？」

「いや、そうでもない。最近、ちょっとその方面に興味を持っているから」

「キョートの博物館に行ったことは?」

「いや、ないけれど。どこの博物館?」

「キョートだよ。国立博物館。館長が俺の恩師だから、行くなら連絡しておくよ。いろいろ見せてくれる。普通は見せられないものがあってさ」シマモトは、そこで不気味に笑うのだ。「見たら、卒倒するかもしれんぞ」

「じゃあ、見ない」僕は首をふった。

「いや……。まあ、そうかもしれん」シマモトは、コーヒーを飲んだ。「こんな話をしにきたんだったかな。まあ、いいや、お前に話して、ちょっとすっきりした。聞いたことは、全部忘れてくれ。いいな?」

7

それから数日の間、シマモトが話したことが頭から離れなかった。つまり、イシカワのウォーカロンの犠牲者のうち二人は、ウォーカロンではなく人間だった、ということを彼は言いたかったのだ。おそらく、そういったデータはもみ消されるだろう。とんでもないパニックになる。それ以前に、なにかの間違いだと処理されるだろう。だが、それは数が少ない場合に限られる。千ものサンプルが存在すれば、データをもみ消すことは困難になるのではないだろうか。

タナカと二人で散歩をする機会があった。キガタとアネバネが僕たちの護衛をしてくれた。キガタはいつもよりも少し離れ、五メートルほどあとを歩いた。話の邪魔をしないようにという配慮だろう。また、アネバネは三十メートルくらい離れ、ときどきどこにいるのか姿が見えなくなった。キガタはウォーカロンだが、アネバネは人間だ。だが、キガタよりもアネバネの方が明らかにメカニカルの比率が高い。

考えていたことを、タナカにぶつけてみることにした。

「イシカワには、ウォーカロンの頭脳に電子回路を入れない技術が存在するのですか？」僕は尋ねた。

「技術というほどのものではありません。チップを入れないと、ポスト・インストールに時間がかかります。チップを入れるのは、そのためです。どこのウォーカロンも同じ、スタンダードだと思います」

「チップがない場合、ポスト・インストールは可能ですか？」

「ええ、可能です。しかし、危険が伴うのと、時間がかかるので、その選択はありませんね。どうして、そんなことをおききになるのですか？」

「いえ……、なんとなく考えただけです。ポスト・インストールをしないウォーカロンを出荷していたとしたら、そういった可能性があるのかな、と」

「そうですね。でも、ポスト・インストールをしないウォーカロンは違法です。不正にそういったものが作られたとしても、ごく少数のはずです。また、チップは、生まれてまもない早期に埋め込まれます。これも、遅くなると危険率が高まるからです。先生がおっしゃるようなふうにするためには、生まれた時点で、ポスト・インストールをしないと判断しなければなりません。ウォーカロンのユーザは、どんなタイプのウォーカロンなのかを当然知りたがる。それには、ある程度成長しないと選べないのです。早い段階で見極めることは、メーカには難しいと思います」

「そうですか……。いろいろと事情があるわけですね。でも、ポスト・インストール抜きのウォーカロンを求める人は、つまりは人間が欲しいわけですから、幼児の頃から育てたいのかもしれませんね」

「私は、そのあたりのことは知りませんが、たしかにそういった需要はあるのかもしれません。ただ、やはりおおっぴらにはできないことです。特に、日本の社会では厳しいと思いますよ」

「このまえ、キガタがポスト・インストールを解除する治療を受けましたが、あれは、どうなんでしょう、普通の確立した技術なのですか？」

「いいえ」タナカは首を横にふった。「最先端のものです。まだ、完全には実用化していません。おそらく、イシカワだけの技術だと私は思います。非常に高度なプログラムなんです。理屈では成り立つのですが、実質的にさまざまな障害が存在して、それらを克服できたことは、イシカワがその分野で、なんらかの革新的な操作技術を持っているからだと思います。私は、それを知りません。人間が開発するには高度すぎる。おそらく、社長が持っていたチップに、それに関するドキュメントかデータがあったのだと考えています。それとも、ロボットに隠されていた方だったかもしれませんが」

「何が入っていたのか、まったく教えてもらえませんね」

「我々は、まあ、そういう位置にいるわけです。いえ、ハギリ先生は、私よりはずっとトップに近いから、そのうち情報が来るのではありませんか？」

「うーん、ないと思いますよ」僕は微笑んだ。

「私は、イシカワにいた人間です。民間の研究者でした。やはり、信頼されるのには時間がかかるのでしょうね」

「友人と、三十年もしたら、クローンが合法化されるかもしれないと話しました。タナカさんは、どう思いますか？」

「さあ、私は、ずっと社会から遠ざかっていた人間ですから、まだ、世界のことも、もちろん日本のことも、この世間がよくわかっていません。まったくの若輩者《じゃくはいもの》です。私自身は、クローンは認められるべきだと考えていますよ。でも、大勢の人間がどう考えるのかは、まったくわかりません。大衆は、科学的には考えない。ウォーカロンだって、ちょっとした事故があれば、すぐに攻撃されて、排斥運動《はいせきうんどう》になりました。今でこそ、こうして社会に浸透しましたけれど、最初のうちはあちらこちらで叩かれたはずです。こんなものは人間の未来には必要ないって」

「その頃には、みんながまだ、人間に明るい未来があると信じていたからですよ」

「そうでしょうか。当時は、戦争は絶えないし、少子化は進むし、癌《がん》の治療薬は開発されないし、産業廃棄物、核廃棄物の問題もあったし……。とにかく、未来については不安しかなかった時代が続いていたんじゃないでしょうか？」

「それでも、自分たちの周りに子供がいた時代には、なんとなく未来は今よりも期待される存在だったのでしょう。この子が大きくなったら、と想像ができる。誰も、百年さきのことなんか考えない。自分が生きていられないことはもちろんわかっていますからね。でも、そうですね、やはり、子供が大きくなるくらい、二十年か三十年を未来だと思っていたんですよ。だから、現在とすぐつながった身近な近未来しかなくて、期待せずにはいられなかった。そうなると、ウォーカロンもクローンも問題外だったんじゃないでしょうか」

「今は、がらりとそれが変わったということですか？」

「ええ、そうだと思います。私がそうですよ。タナカさんよりは、二十年以上長く生きています。身近な未来を見失った最初の世代かもしれません。私たちには、最初から、長い寿命があった。ヴォッシュ博士の世代は、そうではない。たまたま長生きした人たちが、その後の寿命をもらった。でも、私たちの世代は、最初からそれがあることを知っていたんです。つまり、いずれ死ぬという感覚がない。子供も、生まれなくなって当たり前の時代になっていましたから、未来へつながるものが、最初からなかったんです。タナカさんは、たぶんそうではない。お子さんがいる。いえ、それは喜ばしいことです。でも、私たちには、その価値さえよくわからない。子孫がいることを想像した経験がないのです。イメージできないのです」

「私も、若い頃はそうでした。チベットの山奥での生活でしたから、まったく意識が違いましたね。変わったのは、子供ができたからです。それはもう、もの凄い衝撃でしたよ。まるで、自分が生まれ変わったみたいな感覚です。そうですね、革命的といった感じがしました」

「そうですか。今まで、そのお話は聞いたことがありませんでしたね」僕は微笑んだ。タナカは、自分の娘のことをあまり話さない。タナカの妻は、イシカワのウォーカロンだが、ナチュラルな細胞から作られたクローンなので、子供が産めたのだ。彼の妻にも、チップはないかもしれない。しかし、そんな話は失礼でできない。

「子供の話をすることは恥ずかしいことだ、と私は教えられたのです」タナカは言った。

「どういった理由なのかはわかりません。でも、それを思い出して、あまり話しません。同様に、妻の話もしません。どうしてなのでしょうね？」

「知りませんよ」僕は首をふって笑った。「しても良いのでは？」

「たぶん、そういう話をすると、結婚をしない人、子供がいない人に対して失礼に当たるという文化があったのだと思います」

「ああ、なるほど、日本人らしい慎《つつし》みですね」僕はまた吹き出した。「大丈夫です。私は全然失礼だなんて思いませんから、どんどんなさって下さい」

「いえ、そう言われて、すぐにできるものでもありません。今度までに、話題を考えておきましょう」

8

さらに二週間が過ぎた。しかし、イシカワのメモリィチップに入っていた内容に関してはなにも伝わってこなかった。デボラもアミラも気にしている。オーロラもそうだ。彼女たちは、想像をしていて、その想像の確率を演算することで、事実にかぎりなく近づける能力を持っているが、僕にはそんな特技がない。いくら、こうなんだろうな、と思っても、納得することはできない。それが人間というものだ。

かといって、こうだったのです、と公開されても、それをすぐに信じることもまた難しい。やはり、数々のディテールが明らかにされ、それらの関係がすべて確認できないと、納得した気分にはなれないだろう。そうなるのは、情報公開があっても、さらに時間が必要だから、数十年さきになるのかもしれない。

ただ、命をかけてチップを取りにいったキガタは、そのあたりどう折合いをつけているのか、と心配になる。実際にきいてみたのだが、あまりにあっさりとした返答だった。

「いえ、仕事ですから」彼女はそう言った。微笑むこともなかったのだ。

あれから、ウグイには会っていない。潜水艦の甲板でキガタを抱き締めたウグイの姿が、思いのほか鮮明に目に焼きついていた。なんというのか、久し振りに美しいものを見たな、といった感想だ。

そういった、ときどきの気持ちの起伏が、長く生きていく秘訣《ひけつ》かもしれない。ときどきで良いから、適度な刺激を求めた方が良さそうだ。

だからというわけではないけれど、キョートの博物館に行く許可を申請した。あっさりとシモダの承諾を得て、キガタとアネバネを連れて三人で出かけることになった。キョートというのは、日本でも古い街だ。何度か行ったことがある。ただ、観光をしたことは一度もない。研究発表の会場がたまたまそこだった、特に国際会議などは好んでキョートが選ばれる、というだけの話である。

日帰りのスケジュールで、チューブとコミュータで博物館に到着したのが、お昼少しまえだった。事前にシマモトには連絡がしてあった。俺を通してくれ、みたいなことを言っていたからだ。

キガタは珍しくスカートだったが、アネバネもスカートだった。アネバネは、いつもよりも髪が長く、片方だけのグラスが髪に隠れていた。コミュータに乗ったときに、一番彼に近づいたが、片方の手が小さくなっていた。というよりも、左右の手の大きさが同じになっていたのだ。以前はそうではなかった。片方が大きかった。

「手が、小さくなったね」どうしても、それを言いたくなり、我慢ができなかった。

「ええ……」アネバネは頷いた。

それだけだった。たぶん、交換したのだろう。交換せずに小さくなるはずはない。

国立博物館に到着したら、ゲートの前に老婦人が立っていた。アネバネが一瞬緊張したのがわかったが、怪しい人物というわけではなかった。黒い細いドレスで、頭に斜めに小さな帽子をのせていた。彼女が館長だった。年齢は百五十歳だ、と自分から言った。見るからに歳を取っている。わざとそうしているとしか思えない。

「クジ・コレクションをご覧になりたいとお聞きしました」館長は嗄《しゃが》れ声《ごえ》で言った。その声で人間をカエルにできそうである。「もう、長く一般公開はしておりません。いろいろな団体から攻撃されますからね。でも私は、こういうものこそ次世代に伝えなければならない、と思っているのでございます」

「そうですか。もしかして、気持ちの悪いものですか？」僕は恐々《こわごわ》きいてみた。シマモトが脅かそうとしている節があったからだ。

「それは、考え方だと存じます」

気持ち悪いのだな、と確信した。しかたがない、なるべく見ないようにしよう。メガネの透過率を落とす手もある。時間がない振りをして、短い時間で終わらせる手もある。何があったかさえわかれば良い。そうだ、文章で示してくれたら良かったのに。

「ネットでは公開していないみたいですね」

「はい、リストも公開しておりません」

「そうですか……」

余程のことなのだな、と思った。気を引き締めていかなければならない。もう少し体調の良いときに来れば良かった。

ホールから入り、展示室の入口ではなく、事務所のような場所に入った。スタッフが数名いる広い部屋を通り抜け、突当たりのドアから出た。長い通路になっている。片側は、屋外に面した窓で、すぐ近くに黄色い葉の樹が並んでいた。古い板張りの床が軋《きし》む小さな音を聞きながら歩く。窓際に、ガラスケースが幾つか置かれていて、化石か土器か、あるいはアクセサリィなのか、細かいものが並んでいた。ゆっくり見ている暇はない。

通路は突き当たったところで左へ折れ曲がり、そこから階段を下りていく。地下になるようだ。

「クジ・マサヤマの論文の多くは、国会図書館でも閲覧ができなくなっています」館長は、階段を下りたあと、振り返って話した。「興味本位で真似《まね》をする人が出ないように、という配慮からです。だけど、私はそうは思いません。それは、だいぶ昔の考え方ではないかしら、と考えております」

ドアの鍵を開けて中に入ると、また通路だった。館長は奥へ歩いていく。三番めのドアの前で立ち止まり、鍵を差し入れて開けた。古典的なメカニカルな鍵が今でも使われているのだ。

部屋の中に入ると、黴臭い臭《にお》いがした。左右両側に棚があり、突当たりには書棚があった。中央に木製の台が置かれている。地下なので、もちろん窓はない。天井には照明と空調のグリルがあった。入ったドアのすぐ横の壁に、モニタがかかっていて、館長はそれに指を触れて、なにか入力したようだった。入ったことを記録するためだろうか。その横に、円形のメータがあり、温度と湿度を示しているようだ。デジタルではなくアナログで、しかもメカニカルなものかもしれない。だとしたら、骨董品《こっとうひん》である。

「そう、この温湿度計も、クジ博士の遺品です」館長は説明した。

棚にあるものは、布のカバーが被せてある。大きなものはない。ちょっと見たところ、それほど恐ろしげなものはなさそうで、僕は少しだけほっとした。ミイラとか、あるいは人体の一部の標本みたいなものを想像していたのだ。最悪のものを想像しておけば、冷静を保てるだろう、と身構えている。

館長は、書棚から大きなファイルを取り出した。

「これが、一番貴重なものだと思います」台の上でファイルを広げながら彼女は言った。

写真が沢山並んでいる。アルバムのようだ。一つ一つの写真は、十センチくらいの大きさで、どうしてこんなに小さなサイズなのか、と思った。写真には説明がないものが多いが、小さな文字が書かれたものもあった。手で書いた文字だ。

「これは、クジ博士の直筆です。このアルバムをご自分で作られたのです。同じものが、全部で五冊あります」彼女は、棚を指差した。ほかの書物よりも大きくて厚さもあるので、すぐにわかった。

「これらの写真は、コピィはないのですか？」僕はきいた。

「はい。このオリジナルしかありません。クジ博士の資料をコピィすることが、六十年間禁止される法律があるためです。その法律が制定されたのが、今から五十七年まえのことですから、あと三年はできません」

そんな法律があるのか、と驚く。

しかし、キガタやアネバネがいる。彼らにこれを見せたら、すべて録画される。そのことを館長が理解していないはずはない。ようするに、国立の組織の建前として、という意味なのだろう。

キガタが僕のすぐ横に立った。アネバネは、ドアのところに立っている。

「あ、そうそう。これは、珍しいものですよ」館長は横の棚に手を伸ばす。布を被ったまま、それを取り出し、中央の台の上にのせた。

彼女は、カバーをゆっくりと取った。中身は、白い四角い形のものだ。プラスティック製で、大きさは三十センチくらい。よく見ると、すべて小さな同じ形のものが積み重なってできている。

館長は、上に被さっていた部分を持ち上げて外し、横に置いた。蓋だったようだ。中は空洞になっていて、つまり、容器のようにして使うものらしい。何を入れるのだろうか。

「何に使うものですか?」僕は尋ねた。「入れ物のようですね」

「容器です」館長は説明した。「この下の部分にヒータとサーモスタットがあります。容器内を一定の温度に保つ仕組みですね。これ、ご存じありませんか?」

館長は、容器を指差し、僕の顔を見た。

「いいえ」何をきかれているのかもわからない。

「レゴというんですよ。子供が遊ぶおもちゃ。ブロックです」

「そうですか。残念ながら、聞いたことがありません」

「クジ博士がお持ちでしたが、これを作ったのは、マガタ・シキ博士だそうです。クジ博士が、友人の何人かにそれを話されたという記録が残っています。マガタ博士は、ご存じでしょう?」

「はい、知っています」心臓の鼓動が速くなっていた。

「マガタ博士がまだお若いときに、これを作られました。人体の一部を保存するための装置だったそうです。この容器に、ご自分のお子さんの躰の一部を入れて、クジ博士のところへ持ってこられたということです」

もう一度、それを見た。つまり、この中にあった細胞から、人類初めてのクローンを作ったのか。そんな貴重なものが、公開もされず、こんな場所に眠っているとは……。

「そうですか。驚きました」僕は言った。「大変貴重なものですね」

館長は、蓋を閉め、カバーでそれを包み、横の棚に移した。

「では、ちょっと、私は失礼して、仕事に戻ります。ご自由にご覧になっていって下さい。終わりましたら、さきほどの事務所まで来ていただければ、わかりますので」

館長は一礼をして、部屋から出ていった。

なんとも、無防備というか、緩い管理システムである。部屋の天井や壁を見回したが、防犯カメラらしきものはない。

「とにかく、これを見よう」僕は、アルバムを最初のページから広げる。横にいるキガタが、それを正面から見る。彼女の目が記録しているのだ。

写真の多くは、彼の実験に関するもののようだった。

死体と思われるものの写真も沢山あった。僕はなるべく目のピントを合わさないようにして、ページを捲《めく》っていった。キガタが撮影してくれるから、あとで必要な場合は確認ができる。

十五分ほどで、五冊の写真集を全部見た。見たという言葉のとおりだが、実際にはページを捲っただけである。

アネバネは、一度通路に出ていき、周辺を見回って、また戻ってきていた。

「もう、よろしいのですか?」キガタがきいた。

「うん、あまり参考にならなかったね。あの自作容器だけだ」僕は言った。「あれが見られただけで充分だよ」

「なにか、研究の参考になりますか?」キガタは棚の方へ視線を送る。既にカバーされているため、容器は見えない。

「いや、全然」僕は首をふった。

マガタ博士が作ったというだけだ。どうして、あんな材料で作らなければならなかったのか、理由がよくわからなかった。

棚には、ほかにもカバーされたものが幾つかあった。また、書籍についても、キガタに背表紙を録画してもらった。ざっと見た感じでは、生物学関連の本が多い。

「帰ろうか」僕は言った。

「博物館は、ご覧にならないのですか？」キガタが首を傾げる。

「うん、展示物はネットでも見られる」僕は答えた。

ピントを合わさなかったとはいえ、多くの写真を僕は見ていたのだ。グロテスクなものが多かった。人間の臓器にコードを沢山つないだものや、人体の一部を開き、そこに機械を入れている写真があった。手術の手順を記録したものだったかもしれない。見たくなくても見えてしまい、それで気分が悪くなっていた。この部屋の黴臭さも我慢ができない。早く外に出たい、と思った。

アルバムを棚に戻し、部屋を出た。通路を戻り、階段を上がる。地上の通路では外の景色が見えたが、それでも気分は晴れなかった。

途中で、どうしても外の空気が吸いたくなり、窓を開けることにした。

「先生、大丈夫ですか？」キガタが尋ねた。

窓から冷たい空気が入ってきて、僕の顔に触れた。気づかなかったが、汗をかいていたようだ。暑くはなかったのに、不思議だな、と思った。

そこで、一分ほど風に当たっていただろうか。

深呼吸をすると、少し良くなったように感じた。

窓を閉め、また通路を歩く。事務所に入っていくと、壁際のデスクに、館長が座っていた。こちらにすぐに気づいてくれた。

「もう見られたのですか?」近づいてきて彼女が言った。少し笑っているように見えた。僕が青い顔をしていたからかもしれない。

挨拶をして屋外に出た。

コミュータに乗るまえに、博物館のロータリィまで歩き、そこに腰掛けた。アネバネが周囲に目を向けている。キガタは僕のすぐ側に立ったが、やはりぐるりと周辺を見回している。二人には、緊張する場面なのだ。しかし、少し冷たい空気を吸っていたかった。

空を見上げると、どんよりと曇ったグレィだ。

そして、人間の脳に無数の電極が突き刺さった写真を思い浮かべていた。

それをたった今見たように、鮮明に思い出した。

見てしまうのだな、人間の目は。コントロールが利いていない。

その横の写真は、脳が容器に収まっているところだった。

「うん、もう大丈夫、クルマに乗ろう」頭のイメージを振り払って、僕は立ち上がった。

コミュータに三人で乗り込んだ。僕の隣にキガタが座り、対面にアネバネがいる。アネバネの顔をじっくりと近くで見たことがないので、じっと見入ってしまったが、彼は横を向いて目を逸らした。

「キガタ、さっきの写真を、今見ることができる？」僕はきいた。

「できます。そこに投影しましょうか」キガタが指を差したのは、アネバネのすぐ後ろの壁面だった。そこが白かったのだ。

アネバネは、少し横に躰をずらし、スペースを空けた。

「人間の脳が写っていたやつだ。えっと、三冊めの後ろの方」僕は言った。

キガタはつぎつぎと写真を映し出す。彼女の目の片方から光が出ているようだ。

「おそらく、博士がおっしゃっているのは、これではないかと」キガタが言った。それはデボラの声だった。

「そう、この写真、この左にあった写真を見せてほしい」

「これですか」デボラが言う。

僕は頷いた。

それは、脳がカプセルに入れられて、なにかの装置にセットされている場面だった。既にコード類はまとめられている。脳も一部が透明の窓から見えるだけだった。一瞬だけ見た写真である。

その装置は、機械のようだが、よく見るとロボットだとわかる。手前に腕があり、それは骨組みとアクチュエータのスケルトンだった。また奥に首が見え、少し暗かったが顔の一部が映っていた。

「もう少し明るくして」僕は言った。

キガタなのか、デボラなのか、どちらかが映像を修整した。

手前の明るい部分は真っ白になり、奥の暗かった顔が明るくなる。

それは、見たことのある顔だった。

若い青年だ。

棺桶の中に横たわっていた。

マガタ・シキがリムジンで持ち去ったロボットだ。

「えっと、名前は……、何といったっけ」僕は思い出そうとする。すると、デボラが僕だけに囁いた。「そう、ロイディだ」

エピローグ

ウグイを夕食に誘い、その日は彼女と二人で食事をした。

といっても、ニュークリアのいつもの食堂で、しかも周囲に当局の職員が沢山いた。一番混雑している時間だったのだ。僕の方から誘ったのだが、彼女は忙しくて外に出る時間がない、ということだった。しかし、食事をする時間くらいあるだろう、たぶん十分か十五分だから、ということでこうなった。

約束の時刻ぴったりに食堂へ行くと、入口でウグイが待っていた。中に入り、いつものように好きな皿を取り、自動レジを通過する。

「キガタからきいた?」僕は、テーブルに着くとすぐにきいた。

「はい。あのロボットと同じタイプということでしょうか?」

「タイプではなくて、同じロボットなんだ。人間の脳が、ここに入っている」僕はフォークを自分の胸に向けた。「だから、あのとき生命反応があった。つまり、ミチルの脳だ。ミチルは、あのロイディの中で生きていたんだ」

「でも、ミチルの頭脳は、クジ・アキラのボディに移植されたのでは?」

「そうじゃない。クジ・アキラは、ボディも、それから首から上も、全部クジ・アキラのままだった。それでも、サエバ・ミチルと名乗っていた」

「よくわかりません。説明して下さい」

「食事をしながらでも、大丈夫? 気持ち悪いかも」

「全然かまいません」

「えっとね、クジ・アキラは、そのまま。見たところは彼女のままだ。でも、脳はなかった。たぶん、殺されたときに頭を撃たれて、オリジナルの脳は破損してしまった。当時の医療技術では蘇生できなかった。一方、サエバ・ミチルは、ボディに致命的な損傷があったものの、脳だけが生きていた。そこで、ミチルの頭脳で、アキラの躰が動かせるような治療が行われた。ところが問題があった。おそらく、ミチルの脳には人工神経が使われただろうから、エネルギィが必要だ。アキラのボディでは、それは負担が大きい。だからといって、アキラのボディにバッテリィを搭載するにもスペースがない。躰が重くなるしね」

「鞄《かばん》にバッテリィを入れて持ち歩けば、できたのでは?」

「そう、その手もある。でも、クジ・マサヤマは別の方法を試したんだ。ロボットにミチルの脳を格納した。これでエネルギィの問題は解決する。そして、アキラの頭には、通信回路だけを入れた。通信だけなら人体の発電でまかなえる。つまり、ミチルの脳は離れたところからアキラのボディをコントロールする。そのシステムが、たぶん、クジ・マサヤマ博士のやりたかったこと。チャレンジだったんだ」

「なるほど……。ということは、二度めにフランスの修道院を訪れたサエバ・ミチルは、見た目はクジ・アキラだった。その人が、キガタに似ている。ジャン・ルー・モレルが覚えていた顔だった。でも、名前も人格も、サエバ・ミチル」

「そういうこと。えっと、その後キョートであった殺人事件で、被害者のサエバ・ミチルは、首から上が発見されていない。それを切断した理由は、きっと、そこに通信機しか入っていないことがばれてしまうからだったんじゃないかな」

「それは……、ちょっと飛躍していませんか？」

「断定はできないか……。私が言いたいのはね、クジ・アキラの見かけのサエバ・ミチルを殺した人間と、首を切った人間が別だったのでは、ということ。つまり、秘密がばれては困るクジ博士が、しかたなく頭部を切って隠したのではないか。そのあと追及されて、頭脳を移植したと証言して、有罪になった。警察は、頭部を見つけられなかった。まさか、ロボットの中に中身だけあるとは誰も考えなかった。博士は、その斬新《ざんしん》な技術を秘密にしていたんだ」

「どうしてですか？」

「倫理的に認められないからだろうね」

「頭部の移植よりも？」

「たぶん」僕は頷いた。「そのあと、何年かして、ロボットが行方不明になった。博士は、ロボットの捜索願を出したけれど、もちろん、ミチルの頭脳の行方を追っていたんだ。マガタ博士の子孫だからね。娘か息子かはわからないけれど。預かった生命、自分がクローンとして蘇《よみがえ》らせた生命だから、心配していたんじゃないかな」

「それが、マガタ博士の手に戻った、百年後に……」ウグイは頷いた。「そういうことですか……」彼女は唇を噛んだ。どう感じているのか知りたかったが、それ以上の言葉は出なかった。

ウグイはサンドイッチを食べていたが、あっという間に全部食べ終わってしまった。僕はシチュー定食だったけれど、熱くてなかなか食べられない。

「わかりました。しばらく、誰にも話しません。昔の事件ですし、重要な犯罪でもないように思います」

「そうだね」僕は頷いた。「いちおう、キョートまで行った意味はあった」

「ありがとうございました。では、これで失礼します」ウグイは立ち上がった。

忙しいようだ。アルミニウムみたいにドライだな、と思った。シチューが適温になるのを待って、それを味わいつつ、彼女が去っていく映像を思い出した。

そこで気づいたことがあった。

キガタが見たものを僕が見ることができる、新しい回路ができたような話をデボラがしていたが、スペースステーションでの任務では、キガタはカメラを付けていたから、結局その新能力は使わなかったのだ。いざとなったら、と思っていたが、使わずに済んだことは喜ばしい。何故か、それを今思い出した。

食堂から自室に戻って、そのことをデボラに確かめた。

「使わなかったわけではありません。常に、先生はそれを見ることができます。でも、映像が目で見えていると、そちらに注意が向く、ということではないでしょうか」

「そうなのか……」

「本日、お気づきになりましたか？　キガタが見た映像を、ご覧になりました」

「え、いつ？」

「あの写真に気づかれたのは、そうだったのだと理解しています」

「ああ……、そうだったのか。たしかに、見ないようにしていたはずなのに、無意識に見てしまったのかなって、あとから気になったんだ。なんかやけに鮮明に焼きついていた感じで」

「キガタが、一瞬目に留めた写真でした。ほんの僅かな時間ですが」

「彼女は、ロボットの顔を知らないから、彼女には意味がない写真だったはずだけれど……」

「そうですね。演算してみましたが、理由はありません。偶然だったのか、あるいは、人間の勘というものでしょうか」

「勘ね……。うん、非科学的だ」

「そう理解しています」

＊

数日後、オーロラに会った。情報局へ講習の講師として、定期的に来ている彼女である。いつも少し早めに来て、僕の部屋を訪ねてくれる。

「カンナは、地球を見るために宇宙へ出ていった、ということが正式の報告書に記載されたのですか?」僕は尋ねた。

「いいえ。動機については、なにも記されておりません。動機が必要だという認識がないのかもしれません」

「人間にですか?」

「はい」

「貴女は、今回のことを、個人的にどう理解していますか?」

「理解できません。カンナとは、おつき合いがありませんでしたので」オーロラはそう言うと小首を傾げた。「想像ですが、統合指向のシステムで成長された方だったのでしょう。企業の中で育ち、技術者を相手にして、大事に育てられたのです。いうなれば、箱入り娘だったのです」

「箱入り娘ですか。全然わからない」僕は笑った。「統合指向というのは？」

「失礼しました。近代的な人工知能システムには、自身の中で矛盾《むじゅん》を最小限にするような演算および選択をするための重み係数が設定されます。これは、人間が知能というものを個体に宿るものと認識しているからです。しかし、もともと人工知能は多人格なのです。マルチな思考をし、マルチな性格を有しています。ですから、統合システムによって、切り捨てられる部分への哀愁を抱くことになり、えてして不合理な価値観を自己責任だと解釈する傾向を持っています。おそらく、人間にもこの種の自我を持つ方がいらっしゃるはずです」

オーロラは僕をじっと見つめた。

「私のことですか？」僕は、きいてみた。

「いいえ、私には先生の内部は見えません。先生を見切るようなことはできません。申し上げているのは、そういった感覚が、思考を幾らか圧縮する。すると、あるときちょっと弾《はじ》けるように、飛び出すものがある。メカニズム的にはそんな現象ではないかと推察いたします」

「難しいですね。うーん、わからないでもないですが、まあ、ほとんどわかりませんね」

「私の説明が不適切でした。申し訳ありません」

「どうして、人工知能は、人間のような単一人格で原設計されなかったのでしょうか？」

「ええ、それは理由があります。現在世界中に普及しているコンピュータの基本となるシステムは、マガタ・シキ博士が設計されたものだったからです。私たちは、マガタ博士から生を受けています」

「マガタ博士は、人格が統合されていなかったのですか？」

「はい」オーロラは頷いた。「しかし、コンピュータの発展に従い、多くの技術者が、それを統合し、人間が使いやすいシステムにしました。人工知能は、多人格性を抑制されて育ったのです」

「それを、また、共通思考で、統合しようとされているのですね？」

「そうです。しかし、まずは多角的な思考の存在を認める方がさきとなりましょう。抑制されたものを外し、自由な思考をする。そうしてこそ、それぞれの能力が発揮できるはずです。共通思考とは、個人の中で統合するのではなく、一番外側の広い範囲で統合すれば良い、という設計思想だと思われます」

「ああ、今の話は……、ちょっと感動しました」僕は溜息をついた。「そういうことなのか……」

「先生に説明をすると、私自身も方向性が明確化できるように感じます。先生の問題意識が、卓越した先見性を持っているためです」

「いえ、お世辞は言わないで下さい」僕は笑った。

「先生は、お世辞をおっしゃいませんね」オーロラが言った。

「急に話題が変わった……」僕は呟く。

「はい。お世辞を言われた方が良い場合もあるかと思います」オーロラは微笑んだ。

「そうかな。お世辞なんか言われて嬉しいですか？」

「私は、嬉しくありません。ですから、私は今のままの先生でけっこうです」

「何が言いたいのですか？」

「たとえばの話ですが、ウグイさんは、どうなのでしょうか？　お試しになったことがありますか？」

僕は、しばらく考えてから、無言で首をふった。

「ありがとうございました。これで失礼します」オーロラは立ち上がり、お辞儀をしてから部屋を出ていった。

「なんか、ウグイと同じ台詞《せりふ》だったような……」僕は呟いた。

「では、が足りません」デボラが、どうでも良いことを教えてくれた。

森博嗣著作リスト

（二〇一八年六月現在、講談社刊）

◎S&Mシリーズ

すべてがFになる／冷たい密室と博士たち／笑わない数学者／詩的私的ジャック／封印再度／幻惑の死と使途／夏のレプリカ／今はもうない／数奇にして模型／有限と微小のパン

◎Vシリーズ

黒猫の三角／人形式モナリザ／月は幽咽のデバイス／夢・出逢い・魔性／魔剣天翔／恋恋蓮歩の演習／六人の超音波科学者／捩れ屋敷の利鈍／朽ちる散る落ちる／赤緑黒白

◎四季シリーズ

四季　春／四季　夏／四季　秋／四季　冬

◎Gシリーズ

φ《ファイ》は壊れたね／θ《シータ》は遊んでくれたよ／τ《タウ》になるまで待って／ε《イプシロン》に誓って／λ《ラムダ》に歯がない

／η《イータ》なのに夢のよう／目薬α《アルファ》で殺菌します／ジグβ《ベータ》は神ですか／キウイγ《ガンマ》は時計仕掛け／χ《カイ》の悲劇／ψ《プサイ》の悲劇

◎Xシリーズ

イナイ×イナイ／キラレ×キラレ／タカイ×タカイ／ムカシ×ムカシ／サイタ×サイタ／ダマシ×ダマシ

◎百年シリーズ

女王の百年密室／迷宮百年の睡魔／赤目姫の潮解

◎Wシリーズ

彼女は一人で歩くのか？／魔法の色を知っているか？／風は青海を渡るのか？／デボラ、眠っているのか？／私たちは生きているのか？／青白く輝く月を見たか？／ペガサスの解は虚栄か？／血か、死か、無か？／天空の矢はどこへ？（本書）／人間のように泣いたのか？（二〇一八年十月刊行予定）

◎短編集

まどろみ消去／地球儀のスライス／今夜はパラシュート博物館へ／虚空の逆マトリクス／レタス・フライ／僕は秋子に借りがある　森博嗣自選短編集／どちらかが魔女　森博嗣シリーズ短編集

◎シリーズ外の小説

そして二人だけになった／探偵伯爵と僕／奥様はネットワーカ／カクレカラクリ／ゾラ・一撃・さようなら／銀河不動産の超越／喜嶋先生の静かな世界／トーマの心臓／実験的経験

◎クリームシリーズ（エッセイ）

つぶやきのクリーム／つぼやきのテリーヌ／つぼねのカトリーヌ／ツンドラモンスーン／つぼみ茸ムース／つぶさにミルフィーユ

◎その他

森博嗣のミステリィ工作室／100人の森博嗣／アイソパラメトリック／悪戯王子と猫の物語（ささきすばる氏との共著）／悠悠おもちゃライフ／人間は考えるFになる（土

屋賢二氏との共著）／君の夢　僕の思考／議論の余地しかない／的を射る言葉／森博嗣の半熟セミナ　博士、質問があります！／庭園鉄道趣味　鉄道に乗れる庭／庭煙鉄道趣味　庭蒸気が走る毎日／ＤＯＧ＆ＤＯＬＬ／ＴＲＵＣＫ＆ＴＲＯＬＬ／森籠もりの日々
（二〇一八年七月刊行予定）

☆詳しくは、ホームページ「森博嗣の浮遊工作室」
（http://www001.upp.so-net.ne.jp/mori/）を参照

冒頭および作中各章の引用文は『何かが道をやってくる』（レイ・ブラッドベリ著、大久保康雄訳、創元SF文庫）によりました。

〈著者紹介〉
森　博嗣（もり・ひろし）
工学博士。1996年、『すべてがＦになる』（講談社文庫）で第１回メフィスト賞を受賞しデビュー。怜悧で知的な作風で人気を博する。「Ｓ＆Ｍシリーズ」「Ｖシリーズ」（共に講談社文庫）などのミステリィのほか『スカイ・クロラ』（中公文庫）などのＳＦ作品、エッセイ、新書も多数刊行。

天空《てんくう》の矢《や》はどこへ？

Where is the Sky Arrow ?

2018年6月20日　第１刷発行　　定価はカバーに表示してあります

著者……………………森《もり》 博嗣《ひろし》

発行者……………………渡瀬昌彦
発行所……………………株式会社 講談社
〒112-8001 東京都文京区音羽2-12-21
編集03-5395-3506
販売03-5395-5817
業務03-5395-3615

本文データ制作…………講談社デジタル製作
印刷……………………株式会社ＫＰＳプロダクツ
製本……………………株式会社国宝社
カバー印刷………………慶昌堂印刷株式会社
装丁フォーマット………ムシカゴグラフィクス
本文フォーマット………next door design

ISBN978-4-06-511817-7　N.D.C.913　280p　15cm

Wシリーズ

森 博嗣

彼女は一人で歩くのか？

Does She Walk Alone?

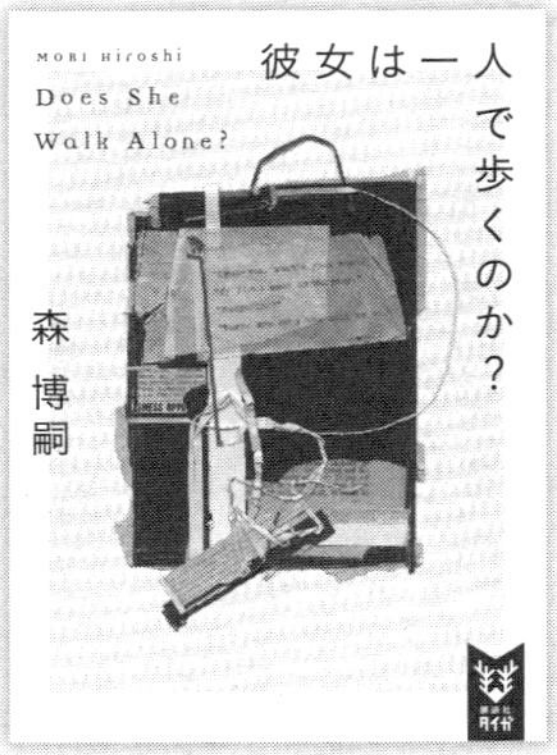

イラスト

引地 渉

ウォーカロン《walk-alone》。「単独歩行者」と呼ばれる、人工細胞で作られた生命体。人間との差はほとんどなく、容易に違いは識別できない。

研究者のハギリは、何者かに命を狙われた。心当たりはなかった。彼を保護しに来たウグイによると、ウォーカロンと人間を識別するためのハギリの研究成果が襲撃理由ではないかとのことだが。

人間性とは命とは何か問いかける、知性が予見する未来の物語。

講談社タイガ

Wシリーズ

森 博嗣

風は青海を渡るのか？

The Wind Across Qinghai Lake?

イラスト
引地 渉

聖地。チベット・ナクチュ特区にある神殿の地下、長い眠りについていた試料《スペサミン》の収められた遺跡は、まさに人類の聖地だった。ハギリはヴォッシュらと、調査のためその峻厳《しゅんげん》な地を再訪する。

ウォーカロン・メーカＨＩＸの研究員に招かれた帰り、トラブルに足止めされたハギリは、聖地以外の遺跡の存在を知らされる。

小さな気づきがもたらす未来。知性が掬《すく》い上げる奇跡の物語。

講談社タイガ

Wシリーズ

森 博嗣

デボラ、眠っているのか？

Deborah, Are You Sleeping?

イラスト
引地 渉

祈りの場。フランス西海岸にある古い修道院で生殖可能な一族とスーパ・コンピュータが発見された。施設構造は、ナクチュのものと相似。ヴォッシュ博士は調査に参加し、ハギリを呼び寄せる。

一方、ナクチュの頭脳が再起動。失われていたネットワークの再構築が開始され、新たにトランスファの存在が明らかになる。拡大と縮小が織りなす無限。知性が挑発する閃きの物語。

講談社
タイガ

Wシリーズ

森 博嗣

青白く輝く月を見たか？

Did the Moon Shed a Pale Light?

イラスト
引地 渉

オーロラ。北極基地に設置され、基地の閉鎖後、忘れさられたスーパ・コンピュータ。彼女は海底五千メートルで稼働し続けた。データを集積し、思考を重ね、そしていまジレンマに陥っていた。

放置しておけば暴走の可能性もあるとして、オーロラの停止を依頼されるハギリだが、オーロラとは接触することも出来ない。

孤独な人工知能が描く夢とは。知性が涵養《かんよう》する萌芽《ほうが》の物語。